KB042715

정우 5

초판 1쇄 인쇄일 2014년 8월 26일 | **초판 1쇄 발행일** 2014년 8월 28일

지은이 베가 | **펴낸이** 곽중열 | **담당편집 팀장** 이범수
편집부 신연제 이윤아 김호성 김은경

펴낸곳 (주)조은세상 | 출판등록 제 2002-23호
주소　경기도 연천군 미산면 청정로 1355
TEL 편집부 02)587-2966 | FAX 02)587-2922
e-mail bukdu@comics21c.co.kr

ⓒ베가 2014
ISBN 979-11-5512-621-9 | ISBN 979-11-5512-361-4(set) | 값 8,000원

NEO MODERN FANTASY STORY & ADVENTURE

베가 현대 판타지 장편소설

5

REVOLUTION

북투
좋은세상

정우 REVOLUTION 5

NEO MODERN FANTASY STORY & ADVENTURE

NEO MODERN FANTASY STORY & ADVENTURE

제 1 화

변호사

제 1 화
변호사

I

쿵쿵쿵!

문을 두드리는 소리가 울렸다.

야구모자는 초조한 얼굴로 초인종을 연이어 눌렀다.

"엘리스. 엘리스!"

전화를 받지 않아 오피스텔 까지 찾아왔다.

시간이 없었다.

만약 정우가 김주호를 끼고 대응을 해오기 시작하면 그
때는 이미 늦는다.

김주호의 악명은 말할 것도 없고 정우를 만났던 기억은

떠올리는 것 자체가 악몽이었다.

12시가 넘은 새벽이었지만 야구모자는 아랑곳 하지 않고 다시 문을 거칠게 두드렸다.

삐리릭-

전자벨이 울림과 동시에 문이 열렸다.

문틈 사이로 엘리스의 화난 표정이 눈에 들어왔다.

"잠깐 얘기 좀 하자."

야구모자가 다급하게 말했다.

"너 뭐니?"

엘리스가 짜증으로 얼굴을 구기며 손목시계를 봤다.

"잠깐 들어가도 돼?"

엘리스의 눈빛을 보고 야구모자가 침을 삼키며 고개를 끄덕였다.

"알았어. 그럼 여기서 얘기할게. 김주호라고 알아?"

"누군데 그게?"

"현기그룹 회장 아들이야. 정우랑 절친이고."

"현기그룹?"

"그래 현기그룹. 대기업 현기그룹 너도 알지? 김주호 쪽에서 정우를 도와주게 되면 너도 감당 안 될 거야. 나 여기서 그만 손 떼고 싶다. 고소 취해서 보낼 거니까 우리 여기까지만 하자."

"누구 마음대로."

10

엘리스의 눈에 냉기가 풀풀 날렸다.

야구모자가 아랫입술을 꽉 깨물었다.

"현기그룹이라고 얘기했잖아. 너희 어머니도 감당 못 해 이건!"

"그런 건 내 알 바가 아니야."

"너 진짜 왜 그러냐 나한테."

야구모자가 울상을 지었다.

"고소 취하하기만 해봐. 쥐도 새도 모르게 없애 버릴 테 니까."

쿠웅!

현관문이 닫혔다.

야구모자는 멍한 얼굴로 현관문에 등을 대고 미끄러져 앉았다.

손으로 양쪽 눈을 꽉 눌렀다.

정신 나간 년.

미친 년!

목구멍에서 욕이 튀어나오려는 걸 꾹꾹 눌렀다.

"아 진짜…."

야구모자는 억울함과 분노가 섞인 얼굴로 오피스텔을 빠져나왔다.

거리로 나왔을 때 전화벨이 울렸다.

모르는 번호였다

야구모자는 잠깐동안 머리를 굴린 후, 전화를 받았다.

변호사를 기다리는 동안 정우는 경찰서 부근 벤치에 앉아 작게 한숨 쉬었다.

부모님의 얼굴이 눈앞에 아른 거렸다.

마음 한 구석이 시큰 거려왔다.

문제를 일으키지 않고 조용히 학교생활을 하고 싶었지만 그런 마음과 달리 결국 일이 터지고 말았다.

시작을 누가 어떻게 했든 결과는 결과다.

피할 수 없다.

엘리스가 사람을 매수했고 놈들은 그 보복성 행위를 걸어왔다.

그런 놈이 고소를 했다.

예상하지 않았던 건 아니다.

늘 최악의 수는 염두하고 있었으니까.

다만 현기그룹이라는 배경을 이용하겠다는 마음이 숨어 있었던 것인지도 모르겠다.

껄끄럽고 불편한 기분이 들었지만 악을 선으로 막을 생각은 없었다.

가능하다면 악은 악으로 막는다.

놈들에 대한 건 이내 머릿속을 깨끗하게 비우고 다른 부분을 생각했다.

분명히 의도적인 작용이 있었을 것이다.

힘으로 생계를 압박한 건 누굴까.

생각에 생각을 더 해봐도 엘리스 밖에 떠오르지 않았다.

확신할 수는 없는 문제지만 당장 추측 되는 건 그 여자 말고는 꼬리가 잡히지 않았다.

민 대표는 자살했다.

하지만 그림자는 남아있을 수 있다.

정우는 고개를 저었다.

그 쪽에서 원한을 갖고 접근한 거라면 이런 수는 쓰지 않았을 것이다.

보다 위험하고 짙은 수를 썼을 것이다.

현기그룹의 회장은 비공개 보호 감찰을 요청했고 총장은 수락했다.

김주호와 정우 자신.

둘은 보호 감찰을 받고 있다.

부모님 역시 마찬 가지다.

그런 상황에서 이런 유치한 장난을 친 건 정황 상 엘리스일 가능성이 높았다.

"안녕하십니까."

중후한 목소리가 들렸다.

정우는 고개를 들었,

멀끔한 정장 차림의 남자가 서류 가방을 들고 서 있었다.

눈빛은 차분했지만 꽉 다문 입술과 흐트러짐 없는 옷매무새와 곧은 자세에서 프로페셔널이 느껴졌다.

"안녕하세요."

벤치에서 일어나 손을 내밀었다.

악수를 청할 때, 그가 미소를 보내 왔다.

부드럽지만 강한 미소였다.

"서에는 얘기해놨습니다. 우선 저랑 진술 전에 얘기를 좀 하시죠. 식사하셨습니까?"

"생각 없습니다."

"그럼 간단하게 커피숍에서 주스라도 한 잔 하시죠."

그의 말투는 여유로웠다.

마치 백전을 치른 노장처럼 보였다.

한 눈에 봐도 고작해야 고교생 폭행 사건에 가담할 사람이 아니다.

그가 이렇게 친절하게 대해주는 건 현기라는 배경이 있기 때문일 것이다.

게다가 고교생인 것을 알면서도 말을 깍듯하게 하는 건 일의 구분을 확실하게 하고 있다는 뜻이다.

경찰서에서도 출두 요청을 늦춘 것을 허락한 건 현기의 입바람이 들어간 탓일 게 분명했다.

이미 현기라는 이름만 듣고도 경찰서에서는 지금 골머리를 앓고 있을 것이다.

민 대표 쪽에서 빼낸 청장의 정계 진출을 깨트릴 약점을 쥐고 있는 현기 그룹이다.

그만큼 현기 그룹은 힘이 있다.

사람을 죽였다고 하더라도 어렵지 않게 나올 정도로….

이번 일을 떠나서 정우는 앞으로 현기 그룹과의 관계에 있어서도 조금은 경계성을 가지고 있어야겠다고 생각했다.

세상이란 알면 알수록 잔인하고 가혹하다.

"어떤 걸로 드실래요?"

"전 괜찮습니다."

변호사는 정우에게 미소를 지어보인 후, 오렌지주스 두 잔을 시켰다.

병에 들어있는 주스와 1회용 컵을 받은 뒤, 자리로 향했다.

그는 가방을 내려놓고 앉아 오렌지주스로 목부터 축였다.

"워낙 건강을 생각하는 지라."

변호사가 오렌지주스를 들어 보이며 웃었다.

"네."

정우도 성의를 봐서 병째로 주스를 마셨다

"고소인이 한 명이더군요."

"네."

"무기를 들고 단체로 체육관을 들어간 CCTV를 확보했습니다."

"네."

정우가 고개를 끄덕였다.

"고소인 쪽에서 먼저 정우씨에게 찾아간 거죠?"

"네."

"그리고 먼저 폭행을 시도했고."

"네."

"정우씨 혼자 열세 명을 해치우신 겁니까?"

믿지 못하는 눈빛이었다.

마치 이 번 건과는 관계없는 영웅담을 듣고 싶어 하는 소년같은 눈이었다.

"네."

정우는 길게 설명할 것 없이, 간단하게 대답했다.

변호사가 웃으며 고개를 끄덕였다.

"지금 저한테 말씀하신 대로만 서에 가셔서 진술하시면 됩니다."

"이후론 어떻게 되는 겁니까?"

"고소인측에서는 1차 합의를 거절했습니다."

웃고 있던 변호사의 표정이 서서히 풀어졌다.

그 표정은 조금은 섬뜩할 정도로 냉정해 보였다.

"잠시 후면, 고소인이 나타나 무금으로 합의를 허락할 겁니다."

"어떻게 해결하신 겁니까? 혹시 현기 쪽에서 사람을 썼습니까?"

변호가 예의 있게 웃으며 고개를 저었다.

"아닙니다. 맞고소에 이어 그 고소인 측 무리의 단체 소송할 자료를 이미 다 준비했습니다. 그 이외로 이미 충분한 자료를 확보할 수 있었구요. 꽤나 독한 녀석들이더군요."

변호사가 빨대로 주스를 쭉 빨아 남은 걸 마저 마셨다.

"저희 부모님에게 경제적인 압박을 넣은 사람이 있는 것 같은데, 그 부분에 대해선 혹시 알고 계시는 부분이 있으십니까?"

변호사가 고개를 끄덕였다.

"네. 아마 지금쯤 모녀가 꽤나 시끄러울 겁니다."

정우가 영문 모를 얼굴로 고개를 살짝 갸웃 거렸다.

◇◇◇

최고급 오피스텔, 펜트하우스가 흔들릴 정도로 음악이 커다랗게 울렸다 엘리스는 소파에 늘어지게 누워 천장을 멍하니 응시했다.

천장이 뚫려 있으면 좋겠다는 생각이 들었다.

천장이 없는 별장으로 가고 싶다.

마치 감옥에 있는 것처럼 답답함이 가슴 속을 죄어왔다.

타는듯한 갈증을 느꼈다.

엘리스는 끔찍함에 짓눌린 표정으로 목을 잡으며 일어났다.

떨리는 손으로 물 잔을 잡아 정수기에서 물을 받아 벌컥벌컥 마실 때, 현관문이 열렸다.

엘리스는 가라앉은 눈으로 씩씩 거리며 들어온 엄마를 쳐다보았다.

"제발 그만 좀 할 수 없어!"

엄마는 얇고 긴, 비명처럼 소리를 질렀다.

엘리스는 그런 엄마를 보며 비웃음을 지었다.

"이제 우리 그만 숨 좀 쉬고 살자. 언제까지 이럴 거야. 치료도 했고 시간도 많이 지났잖아."

엘리스가 유리잔을 집어 던졌다.

엄마가 놀란 얼굴로 몸을 살짝 웅크렸다.

유리잔은 싱크대 위, 벽을 맞고 산산조각이 났다.

엄마가 놀란 얼굴로 입술을 떨었다.

"나가."

엘리스가 건조한 목소리로 말했다.

거실이 내려앉을 것만 같은 무게감이 흘렀다.

"지금까지 네 뜻대로 다 해주려고 나도 노력했지만 이번 일 만큼은 안 돼. 정우라는 애한테 더 이상 해 끼칠 생각 마."

"다치는 게 무서워?"

엘리스가 무표정한 얼굴로 말했다.

"잃는 게 두려워?"

엘리스가 말을 이었다.

엄마는 아무 말 없이 자신을 응시했다.

엘리스는 가늘게, 하지만 무겁게 비웃어 주었다.

"난 이미 다 잃었어."

"나라고 제정신으로 사는 줄 아니!"

엄마가 소리를 버럭 질렀다.

"당신 때문이야. 모든 게."

엄마는 아랫입술을 잘근 깨물고 주먹을 부르르 떨었다.

엄마가 몸을 홱 돌렸다.

엘리스가 비웃으며 거실로 발길을 돌렸을 때, 현관문이 열리는 소리가 났다.

고요한 집에, 문이 닫히는 소리는 유독 커다랗게 들려왔다.

엘리스는 마치 비쩍 마른듯한 나뭇가지같은 얼굴로 소파에 앉았다.

매 1초가 갑갑하게 숨을 조여 온다.

엘리스는 시계바늘을 쳐다보다가 눈을 감았다.

◇◇◇

경찰서 팩스로 고소취하서가 도착했다.

그만 가 봐도 좋다는 얘기를 듣고 정우는 변호사와 함께 경찰서를 나왔다.

"집 앞 까지 모셔다 드리겠습니다."

변호사가 차 문을 열면서 말했다.

스마트키에 의해 아우디 차량 헤드라이트가 번쩍였다.

"괜찮습니다. 버스타고 가면 돼요."

"업무 끝나서 시간 많이 남아요. 얘기할 것도 있고."

변호사가 차문을 열어 주었다.

정우는 웃으며 마지못해 차에 올랐다.

"음악 좋아해요?"

차를 출발시키면서 묻는 변호사의 질문에 바로 대답할 수가 없었다.

그러고 보면 그동안 운동과 공부에만 집중했지 다른 부분들에는 신경을 쓰지 못했던 것 같다.

"취향에 없는가 보네요."

"공부에 집중하느라, 별로 들어본 적이 없어서요."

"고3이라 그럴 수 있죠. 음악 하나 추천해드릴까요?"

정우는 고개를 끄덕였다.

"네."

빨간불 신호를 받고 정차했을 때, 변호사가 휴대폰에
AUX선을 연결했다.

어플 프로그램에 들어가 음악을 실행시켰다.

고급스러운 차만큼 음질 좋은 음악이 흘러나왔다.

웅장하게 시작된다.

분위기를 봐서는 클래식 같은 장르를 틀 것 같았는데,
의외로 전혀 반대적인 장르다.

"락인가요?"

정우의 물음에 변호사가 미소를 머금으며 고개를 끄덕
였다.

"네. Aerosmith의 I Don't want to miss a thing입니
다. 혹시 마이클 베이 감독의 아마겟돈이라는 영화 보셨어
요?"

"아니요."

"영화 Ost로도 유명하죠."

"좋네요."

정우가 창 밖 풍경을 보며 말했디.

변호사는 음악을 감상하려는 듯 더 이상 말을 꺼내지 않았다.

정우도 조용히 음악을 감상했다.

2절로 넘어갈 때 쯤, 변호사가 엘리스에 대해 넌지시 이야기를 꺼냈다.

그녀에 대한 과거를 듣고 나자 왜 그렇게 삐뚤어진 건지. 어째서 그렇게 공격적인 건지 조금은 이해할 수 있었다.

이런 이해심이 생긴 것도 아마 김주호 때문일지도 모른다.

처음엔 그녀의 행동에 기분이 상하긴 했지만 그녀의 과거에 대해 알고 난 지금은 감정이 말끔히 사라졌다.

방식은 잘못되었지만 스스로를 망가트리려는 것.

김주호도 그랬다.

대화로 조용히 해결할 수 있을까.

김주호처럼 무너져가는 그녀를 막을 수 있을까.

혼란스러움이 가슴을 헤집었다.

김주호를 만나지 않았더라면 아마 관심을 두지 않았을 것이다.

변할 수 있다는 희망.

그 희망을 주고 싶다는 생각이 들었다.

만화책을 읽으며 하품을 하던 김주호는 노크 소리를 듣고 고개를 돌렸다.

"누구야?"

"비서실장입니다." 라고 하는 목소리가 문 너머에서 들려왔다.

"들어와요."

문이 열렸다.

비서실장이 침대 앞으로 다가와 가볍게 목례를 했다.

"어떻게 됐어요?"

김주호가 물었다.

"곧 합의가 될 겁니다."

"그 엘리스라는 기집애는요? 알아보셨어요?"

김 비서가 손에 들고 있던 테블릿pc를 내밀었다.

그것을 받아 화면을 터치했다.

엘리스에 대한 개인 신상 자료가 들어있는 내용이 보였다.

"이름 최한나. 나이는 열아홉. 유학 경험은 없으며, 잠깐. 얘 이름이 엘리스라고 하지 않았어요? 유학경험이 없다고?"

"가명입니다."

"헐, 쇼를 하는구만."

김주호는 요즘 흔히들 신조어로 사용하는 말과 함께 코
웃음을 쳤다.

"소년원?"

김주호가 고개를 들어 김 비서를 올려다 봤다.

"양 아버지를 살해한 죄로, 소년원에서 1년간 수감했습
니다."

"사람을 죽였는데 1년 정도밖에 안 살아요?"

"양 아버지로부터 성폭행을 당한 것 같습니다. 그게 정
상참작이 된 것 같구요."

김주호의 얼굴이 굳어졌다.

"그런데 수사과정에 조금 문제가 있는 것 같습니다."

"무슨 뜻이에요? 쉽게 설명해줘요."

"비공개 정보를 입수했는데, 성폭행이 미수로 그친 정
황들이 나오더군요."

"그런데 살인을 했다?"

김 비서가 어깨를 으쓱였다.

"이거 말고 다른 사건은요?"

"법적으로는 없습니다."

"그렇다는 건 돈으로 막았다는 겁니까?"

"그럴 가능성이 있습니다."

김주호는 엘리스의 신상 정보를 내려다보며 손으로 입

술을 매만졌다.

"얘네 부모 회사가 자이언트? 자이언트라면. 우리와 거래를 트고 있는 패션계 회사 아닙니까?"

"네. 잘 알고 계시네요."

김 비서가 마치 칭찬하는 듯한 눈빛을 보냈다.

껄끄러워하는 김주호의 눈빛을 보고 김 비서는 표정을 지웠다.

"그럼 자이언트를 운영하고 있는 사장은 아줌마 쪽이겠네요. 한 쪽은 먼저 가셨으니."

"네."

"약속 좀 잡아주세요."

김 비서가 의아한 눈길을 보냈다.

"결정은 정우가 할 겁니다."

"꼭 그렇게 하셔야…"

"그렇게 해야 됩니다. 어차피 걔네랑 등진다고 해서 회사 문 닫는 거 아니잖아요? 그저 조금 불편해지는 것 정도 같은데. 김 비서님이 보시기엔 어떻습니까?"

"보시는 바와 크게 다르지는 않습니다."

"나한테 정우는 친구를 넘어서 아주 중요한 사람입니다. 멀리 본다는 거죠. 무슨 말인지 아시죠?"

김 비서가 가늘게 미소 지었다.

"많이 달라지셨습니다."

김주호가 고개를 끄덕였다.

"그 자식을 만났으니까 달라질 수밖에요. 죽다 살아나서 이렇게 제정신으로 있을 수 있는 것도 그 녀석 덕분이고. 뭐 어쨌든 더 이상은 뭐 제가 들을만한 얘기는 없는 거죠?"

"네. 아, 저 그런데…."

김 비서가 말끝을 흐렸다.

얘기를 꺼내기 불편해보였다.

"편하게 말씀하세요."

"회장님이 앞으로 이런 개인적인 일로 저를 호출하지 말라고…."

김주호가 웃음을 터트렸다.

"째째하네 진짜. 오른팔 한 번 좀 빌려 썼다고 되게 생색내시는구만. 알았어요. 그렇게 알겠다고 전해주세요."

"네, 그럼. 쉬십시오."

김 비서가 나간 뒤, 김주호는 만화책을 다시 집어 들었다.

좀처럼 그림과 글자가 눈에 들어오질 않는다.

만화책을 던지자 갈비뼈가 욱신거렸다.

김주호는 창밖의 하늘을 보았다.

인간들은 흔히 주관적인 오류를 범하곤 한다.

자신이 세상에서 가장 불행하다고.

가장 불쌍한 존재라고.

김주호는 쓴웃음을 지었다.

세상은 넓고 하늘은 높다.

묘하게 마음에 안정감이 드는 건 어째서일까.

타인의 불행으로 자신이 불행이 사소하게 느껴지는 안정감.

"더럽다 진짜."

김주호는 담뱃갑을 들고 옥상으로 향했다.

Ⅱ

"하실 얘기가 있다고 하셨었죠?"

정우의 물음에 변호사가 골목길에 차를 잠깐 세웠다.

"그렇지 않아도 지금 말씀드리려던 참이었습니다. 사건은 종결되었습니다만 본인의 선택에 따라 그들에게 법적인 공격을 할 수가 있습니다."

변호사가 움직이는 순간 그들은 사회에서 완전히 매장당하게 될 것이다.

복수도 저항도 꿈꿀 수 없을 만큼 처참하고 잔혹하게.

사회로부터 격리 당한다.

정우는 고개를 저었다.

"그렇게까지는 생각 없습니다."

"혹여나 앞으로 꼭 이번 건에 관련된 사람들뿐만 아니라, 불편한 일을 겪게 되시면 이쪽으로 연락 주십시오. 힘 닿는 데로 도와드리겠습니다. 비용은 신경 쓰지 마시구요."

변호사가 명함을 내밀었다.

정우는 명함을 받았다.

고급스러운 명함이었다.

"현기그룹에서 지원하는 겁니까?"

변호사가 부드러운 미소를 보내왔다.

"명함은 감사히 받겠습니다."

정우의 대답을 듣고 변호사는 옅게 미소 지었다.

"제게 연락할 일이 생기지 않는 게 가장 좋겠지만 세상 일이라는 것이 억울한 일들 투성이니. 언제든 필요하실 때 연락 주세요. 법률 상담이라던가 사소한 일들도 관계없으니까요."

정우가 명함을 보며 고개를 끄덕였다.

"알겠습니다."

"그리고… 집 앞에, 엘리스 어머님이 계실 겁니다."

정우의 눈빛이 살짝 굳어졌다.

"전 저희 부모님이 이 일에 대해 모르셨으면 합니다."

정우의 책임을 묻는 눈빛에 변호사가 부드럽게 미소 지었다.

28

"미리 얘기해뒀으니 그럴 일은 없을 겁니다. 지금쯤 사과를 하기 위해 근처에서 기다리는 중인 걸로 알고 있습니다. 아시다시피 엘리스와 어머니의 관계가 껄끄러운 관계로 엘리스는 아마 보이지 않을 겁니다. 사과를 받으신 이후, 엘리스 부모님의 회사나 엘리스에 관한 처분은 정우씨께서 결정하시면 됩니다."

"그 말씀인즉슨, 제 말 한 마디면…."

"그 패션계 회사는 한 순간에 무너지기 시작할 겁니다."

"그 정도였습니까. 현기그룹의 힘이."

"현기그룹이 가지고 있는 힘과, 인맥적 권력은 아마 정우씨가 상상하시는 것보다 훨씬 높을 수준일 겁니다."

정우는 쓴웃음을 지었다.

"여기서부터는 걸어서 가겠습니다. 도와주셔서 진심으로 감사했습니다."

"별 말씀을요. 그럼 조심히 들어가십시오."

정우는 변호사와 인사를 나누고 집으로 발길을 돌렸다.

집 앞에 도착하자 변호사 말대로 고급차량 앞에 중년 여성이 서 있었다.

김주호의 어머니인 신민주를 만났을 때가 떠올랐다.

그녀와 신민주가 겹쳐져 보였다.

상류층의 방식이란 다 이런 식인 걸까.

입 안이 텁텁하게 느껴졌다.

안절부절 못하고 서성거리던 여성이 정우를 보고 눈을 커다랗게 떴다.

"어머! 오셨구나."

그녀가 미소를 지으며 다급하게 다가왔다.

패션계 사장 자리를 꿰고 있어서 그런지 표정이 꽤나 그럴 듯하다.

"이렇게 늦은 시간에 찾아와서 죄송해요. 한 시라도 빨리 사과를 드려야할 것 같아서."

그녀가 정중하게 머리를 숙였다.

"저희 딸이 실수가 많았죠? 정말 면목이 없네요. 어떻게 사과의 말씀을 드려야할지…."

"그 동안 엘리스 뒤를 많이 봐주셨더군요."

정우의 말에 중년여성이 슬픈 표정을 지었다.

금방이라도 눈물이 떨어질 것 같은 눈이다.

선입견 같은 게 아니다.

이상하게도 확신이 든다.

상대의 눈을 보면 진심인지 거짓인지 아닌지 알 수 있다.

마치 정교한 탐지기처럼.

"상처가 많은 아이에요. 어디서부터 어떻게 말씀드려야할지…."

그녀가 손수건을 꺼내 눈을 닦았다.

"알고 있습니다."

무미건조한 정우의 말에 그녀의 눈빛에 당혹감이 스쳐 지나갔다.

"동정심 따위를 호소할 생각 같은 건 하지 마세요. 역겨우니까."

그녀가 마른침을 삼켰다.

"당신이 지켜줄 때마다 아이들의 부모님이 생계를 잃고, 집안에는 커다란 불화가 찾아왔겠죠. 그런 주제에 지금 여기서 눈물을 보이는 겁니까?"

그녀가 90도로 허리를 숙였다.

"죄송해요. 제가 어른답지 못했어요. 잘못했습니다."

더 이상 상대하고 싶지 않았다.

정우가 미간 사이를 찡그리며 자리를 뜨려고 할 때, 중년 여성이 정우의 팔을 잡았다.

"저기!"

그녀가 절박한 눈빛으로 말을 이었다.

"용서해 주시는 건가요?"

정우는 잡고 있는 팔을 거칠게 뿌리치고 아파트 안으로 들어갔다.

제 2 화

귀신

제 2 화
귀신

I

"2700원 입니다."

야구모자는 편의점 알바생에게 담배 한 갑을 건네받고 나왔다.

담배를 피면서 서둘러 걸음을 옮겼다.

휴대폰을 확인 했다.

엘리스로부터 전화가 오질 않았다.

분명 지금쯤이면 고소가 취하되어 정우가 서를 나왔다는 걸 알 텐데….

개샹년!

돈만 없으면 반 죽여 버리는 건데.

야구모자는 고양이처럼 주변을 두리번거렸다.

새벽이라 인적이 없다.

어디에도 사람은 보이질 않았지만 불안감이 가슴을 계속해서 두드렸다.

도로가로 나와 택시를 기다렸지만 일반 승용차만 지나갈 뿐 택시가 보이질 않았다.

야구모자는 뒷머리를 신경질적으로 북북 긁으며 사거리가 있는 큰 도로 쪽으로 올라갔다.

긴장감 때문인지 벌써 얼굴에서 땀이 줄줄 흘렸다.

바삐 걸음을 옮기던 중, 전화가 울렸다.

야구모자는 깜짝 어깨를 떨며 멈춰 섰다.

전화를 받았다.

"여보세요?"

대답이 들려오질 않았다.

"여보세요. 여보세요?"

야구모자가 고개를 갸웃 거리며 전화기를 내릴 때 골목에서 남자들이 튀어나와 알루미늄 야구 배트를 휘둘렀다.

"어……?"

머리를 얻어맞는 순간 눈앞이 흐릿해졌다.

야구모자가 바닥에 쓰러져 신음을 흘리며 비틀 거릴 때세 명의 남자가 그를 골목 안으로 끌고 들어갔다.

36

골목 막 다른 벽에 야구모자를 밀었다.

벽에 등을 맞고 바닥에 쓰러진 야구모자가 피로 물든 얼굴을 들었다.

마스크를 쓰고 있는 세 명의 남자가 보였다.

야구모자가 체념한 얼굴로 한숨을 쉴 때, 다시 야구 배트가 몸으로 날아들었다.

◆◆◆

티셔츠에 슬리퍼 차림으로 나온 엘리스는 편의점 문을 열고 들어갔다.

ATM기 앞에 서서 카드를 넣었다.

돈을 인출하려던 엘리스의 얼굴이 흙빛으로 굳어졌다.

엘리스는 어금니를 꽉 깨물며 편의점을 나와 엄마에게 전화를 걸었다.

– 그렇지 않아도 전화 하려던 참….

"뭐하는 짓거리야!"

엘리스가 목이 찢어질 듯 소리쳤다.

– 지금 오피스텔로 가는 중이야. 집에서 잠자코 기다려.

전화가 끊어졌다.

엘리스는 폭발할 것 같은 얼굴로 오피스텔로 돌아갔다.

오피스텔에 들어온 엘리스는 분을 참지 못하고 주방에 들어가 손에 잡히는 대로 식기를 집어 던졌다.

주변은 순식간에 아수라장으로 변했다.

엘리스는 거칠게 숨을 몰아쉬며 거실로 향했다.

슬리퍼 아래로 유리 조각이 밟히는 소리가 났다.

엘리스는 소파에 앉아 천장을 보며 코웃음을 흘렸다.

현관문이 열고 엘리스의 엄마가 비서를 대동하고 들어왔다.

그녀는 느릿한 걸음으로 엘리스 앞에 섰다.

"더 이상은 엄마도 봐줄 수가 없구나."

"그래?"

엘리스가 비웃으며 엄마를 차갑게 응시했다.

엄마는 손바닥을 이마에 대며 얼굴을 찡그렸다.

"네가 하고 싶은 대로 해주는 게 너를 위한 길이라고 생각했어. 그런데 그게 아닌 것 같아."

"웃기고 있네. 엄마는 그냥 회사 걱정하는 거잖아. 뭘 그렇게 가식적으로 유난을 떨어."

"한나야…."

"내가 그 거지같은 이름 부르지 말랬지?"

엘리스가 핏발 선 눈으로 그녀를 노려보았다.

"많이 생각했어. 어떻게 해야 할지. 그리고 결정했어 이젠."

"진짜 꼴깝 떨고 있네."

엘리스가 고개를 숙이며 웃었다.

"그깟 돈 필요 없어. 앞으로 영원히. 물론 이 집도."

"너 그게 무슨⋯."

엘리스가 벌떡 일어나 나가려다 걸음을 멈췄다.

엘리스는 감정이 없는 듯한 눈으로 엄마를 돌아보았다.

"옷이랑 휴대폰은 이해 좀 해줘. 날 낳은 마지막 유산이라고 생각해. 내가 아무리 막장까지 갔어도 체면이라는 게 있지. 발가벗고 다닐 수는 없잖아."

엘리스가 경멸하듯 엄마를 노려보다가 몸을 돌렸다.

"데려올까요?"

오피스텔을 나서는 엘리스를 보며 비서가 물었다.

그녀는 대답 없이 지친 눈빛으로 난장판이 된 주방을 바라보았다.

◇◇◇

아직 학생으로 보이는 민머리 남자는 불법 스포츠 도박 사이트를 보며 담배를 쭉쭉 빨았다.

종이컵에는 담배와 재가 수북했다.

알트 탭(alt tab)을 눌러 인터넷 방송국 프로그램을 모니터에 띄웠다.

레알 마드리드와 맨유의 챔스 경기.

레알이 1득점. 맨유가 1득점이다.

민머리는 초조하게 담배를 빨고 나서 허리를 세웠다.

벌써 후반 31분이다.

두 경기 승패는 맞췄지만 레알이 꺾이면 배팅 금액이 모조리 날아간다.

모두 빅 게임들이라 배당금이 적지 않다.

이번 경기만 레알이 승리하면 굉장한 배당금이 떨어진다.

하지만 분위기가 영 불안했다.

무승부도 안 된다.

레알 승에 걸었으니 반드시 레알이 이겨야 했다.

"씨발 새끼들 구단에 처바른 돈이 얼만데 이따위 경기를 하나."

후반에 들어 골 포스트를 맞춘 이후로 레알이 슬럼프라도 온 것처럼 보였다.

움직임은 둔했고 공격은 비루를 먹은 듯 힘이 없었다.

수비도 위태위태했다.

민머리는 그늘 서린 눈으로 줄담배를 피웠다.

"아 킬딸! 야 이 병신아 네가 원 딜을 왜 먹어. 정글로 다시 바로 빠져야지. 이런 병신 새끼."

민머리는 옆자리에 앉아있는 고등학생을 노려보았다.

"아니 병신아 내 말이 맞다니까. 실버 주제에 아는 척 하지 마. 골드랑 실버 차이를 뭘로 보고. 아 그냥 아구리 닥쳐 미친놈아. 다시는 너랑 안 한다. 뭐? 이 씨뱅이가."

민머리가 고등학생의 의자를 발로 툭 밀어 찼다.

고등학생이 놀란 얼굴로 민머리를 돌아봤다.

민머리가 손가락으로 헤드셋을 가리켰다.

고등학생이 의아한 얼굴로 헤드셋을 목으로 내렸다.

"조용히 좀 하자."

민머리가 말했다.

고등학생은 똥 씹은 얼굴로 다시 헤드셋을 끼고 모니터로 바쁘게 시선을 돌렸다.

후반 45분이 끝나고, 추가 시간이 주어졌다.

30초 후, 맨유의 루니가 결정적인 골을 넣었다.

골대 너머에서 맨유 팬이 모두 기립 만세를 했고 루니는 환희의 세레머니를 보였다.

"씨발…."

민머리는 한숨과 함께 눈을 감았다.

검은 어둠 속에서 돈이 낭떠러지로 떨어지는 게 보였다.

"아 병신아 뭐하냐? 원 딜을 물어야지 왜 탱커를 때려. 아 개 트롤 새끼 쩐다 진짜. 그 피씨방에 렉 있냐? 아니면 네 손가락에 장애 있냐?"

민머리는 옆자리의 고등학생을 보면서 담배를 입에 물었다.

"아 또 지랄한다. 암 걸리네 시발. 눈까리 없냐고 병신아. 뭐 이 병신아? 넌 키보드 없냐? 병신 지랄하네. 넌 이 사회를 위해서 롤 접어라 붕신!"

민머리가 카운터로 메시지를 보냈다.

— CCTV 꺼.

알바생은 민머리를 흘깃 보더니 카운터 컴퓨터를 만졌다.

민머리는 자리에서 일어나 본체와 연결되어 있는 키보드 선을 분리했다.

길다란 선은 키보드에 둘둘 감았다.

"야야 롤은 원래 욕 먹으면서 배우는 거야. 미친 새끼 존나 흥분하네. 야 열폭 하지 말고 연습이나 해 트롤 새꺄. 서렌 치자. 동의해. 이 새끼 진짜 또라이네? 서렌 치라고 병신아."

민머리는 고등학생을 빤히 내려다보았다.

잠시 후, 학생의 컴퓨터 모니터에 패배라는 글자가 떴다.

학생은 땅이 꺼질 듯 한숨을 내뱉으며 헤드셋을 벗었다.

뒤늦게 그림자를 인지한 듯 학생은 옆에 서 있는 민머리를 올려다보았다.

담배를 입에 물고서 한 손엔 키보드를 들고 있다.

학생이 살짝 겁먹은 얼굴로 눈치를 살폈다.

게임을 끄고 나가려는 학생의 얼굴에 키보드를 휘둘렀다.

이마를 얻어맞고 학생이 바닥에 나동그라졌다.

근처에서 게임하던 백수와 학생들이 놀란 얼굴로 뒤를 돌아봤다.

"눈까리 돌려라 이 씨발놈들아."

민머리의 나지막한 말에 구경하던 이들이 침을 꿀꺽 삼키며 다시 하던 게임에 집중했다.

민머리는 바닥에 쓰러져 있는 학생을 내려다보았다.

"아……!"

학생이 피가 번진 이마를 붙잡고 신음을 흘리고 있었다.

민머리는 담배를 재떨이로 쓰는 종이컵에 넣고, 담배 연기를 입으로 뿜으며 키보드를 다시 치켜들었다.

"종수야."

자신을 부르는 소리에 민머리가 알바생을 돌아보았다.

"피 튄다. 닦으려면 좆 빠져."

"야간 알바 시키면 되잖아."

"때려 쳤어."

"왜?"

"자꾸 늦게 오길래 내가 좀 굴렸거든. 있다 엄마 오면 피곤해진다. 그만 데리고 나가든지 내부내."

민머리는 혀로 입술을 핥으며 키보드를 컴퓨터 책상 위로 던졌다.

"악마 새끼가 이럴 땐 은근히 효자란 말이야."

민머리는 웃으면서 고등학생을 내려다보았다.

"엄살 그만 피고 일어나라. 진짜 뒤지기 전에."

고등학생이 쭈뼛 거리며 일어났다.

"야."

민머리가 검은 추리닝 주머니에 손을 넣으며 불렀다.

"네?"

고등학생이 민머리를 보고 다시 시선을 아래로 내렸다.

"고3이야?"

"…네."

"나도 고3인데. 친구네?"

"……."

"쌩까냐?"

"죄송합니다."

"왜 그래 친구끼리. 괜찮아 말 놔."

"응……."

민머리가 발로 학생의 배를 밀어 찼다.

"억!"

학생이 배를 붙잡고 벽에 기대어 주저앉았다.

민머리가 학생을 보며 웃었다.

"와 씨발놈이 이거 엄살 쩌네."

"데리고 나가. CCTV 꺼서 엄마 올 수도 있어."

친구의 말에 민머리는 고개를 끄덕였다.

"쏘리. 지금 내가 심기가 좀 불편하다."

"얼마 날렸냐?"

"삼백."

"미친."

"야. 필리핀에서 사이트 하나 차리면 얼마 정도 들까?"

"까딱하면 총 맞는다."

"목숨 걸만 하잖아. 한 달에 몇 천은 그냥 번다는데."

"한 번 알아볼까?"

"아는 사람 있어?"

"건너 건너로."

"진짜? 오, 진작 얘기하지 그럼."

메시지를 알리는 소리가 났다.

민머리는 휴대폰을 확인했다.

"엘리스네."

민머리의 말에 친구가 얼굴을 찌푸렸다.

"엘리스?"

"500짜리라는데?"

"몇 놈이야?"

민머리가 피식 웃었다.

"한 놈."

"꿀이네. 껴 줄 거지?"

"끼고 말고 할 것도 없어. 우리 애들 다 모으라는데?"

"한 놈 잡는데 애들을 왜 다 모아? 좀 찜찜한데."

"우리 공주님께서 쇼 좀 보고 싶으신 갑다. 이 년이 개
또라이긴 해도 입금은 확실하잖아. 연락 때려."

"알았어. 그리고 저 새끼 치우던가 데리고 나가던가 해
라 제발 좀."

"네네."

민머리가 빙글 웃으며 키보드를 다시 잡아, 순식간에 학
생의 머리를 있는 힘껏 내리쳤다.

무자비하게 키보드를 휘두르고 있는 민머리를 보며 친
구는 한숨을 내뱉었다.

정우는 읽고 있던 책을 덮었다.

머릿속이 조금은 무겁게 느껴졌다.

컴퓨터 앞에 앉아 전원을 켰다.

윈도우가 켜지는 동안 시간을 확인했다.

11시 반.

윈도우가 켜진 모니터 창을 볼 때 변호사와 함께 차 안

46 정우5

에서 들었던 음악이 생각났다.

정우는 컴퓨터로 좋은 음악이 어떤 것들이 있는지 찾아 보았다.

여러 음악을 듣던 도중 마음에 드는 음악들은 다운을 받아서 휴대폰에 저장했다.

취향이 그런 것인지 이상하게 대부분 올드팝이 마음에 들었다.

가요나 팝을 떠나 요즘 나오는 음악들은 왠지 모르게 마음이 가지 않았다.

음악을 고르다보니 30분이 훌쩍 흘러 12시가 됐다.

졸릴 법도 한데 음악에 꽤 흥미가 붙어서인지 조금 무겁던 눈꺼풀이 생생하게 가벼워졌다.

휴대폰에 넣어둔 음악 파일 목록들을 볼 때, 모르는 번호로 휴대폰 문자 메시지 한 통이 도착했다.

정우는 고개를 갸웃 거리며 메시지를 확인했다.

– 너희 집 근처야. 한강으로 나와.

메시지를 보자마자 어깨에 힘이 빠졌다.

내용 뒤로 하트와 함께 이름이 붙어 있다.

엘리스로부터 온 메시지였다.

– 내일 얘기해.

메시지를 보내자마자 답장이 왔다.

– 나오는 게 좋을 걸? 안 그러면 위험해 질 테니까.
– 맘대로 해.
– 위험해진다는 건 네가 아니야. 누굴까?

어금니를 깨물었다.
정우는 휴대폰을 들고 집을 나섰다.

Ⅱ

한강에 도착한 즉시 정우는 엘리스에게 전화를 걸었다.
신호음이 길게 갔지만 그녀는 전화를 받지 않았다.
정우가 좀 더 깊숙이 들어가며 주변을 살필 때 메시지가
왔다.
정우는 휴대폰을 확인했다.
MMS로 사진 한 장이 메시지로 도착했다.
정우는 손으로 화면을 터치해 사진을 확대했다.
얼굴을 알아보기가 힘들었지만 이목구비로 봐서 피로
물든 사진 속 얼굴은 고소를 해왔던 야구모자가 분명했다.

정우는 주변을 살피며 걸음을 옮겼다.

그 때 시끄러운 바이크 소리가 사방에서 울리기 시작했다.

한강 안으로 오토바이들이 줄지어 들어오는 게 보였다.

빠르고 가볍게 한강에 진입한 오토바이들은 정우 주변으로 원을 그리듯 돌았다.

오토바이는 요란한 소리를 냈고 사방에서 개조된 불빛이 유흥가의 네온사인처럼 번쩍였다.

한강에 진입한 폭주족의 총 29대의 오토바이가 정우를 원형으로 에워쌌다.

손에는 각자 무기를 하나씩 가지고 있다.

못이 박힌 배트부터 시작해서 각양의 도구들을 들고 있었다.

그 배후는 물론….

"안녕?"

한 오토바이의 뒷좌석에서 내린 엘리스였다.

정우의 차가운 눈빛을 보고 엘리스가 웃음을 흘렸다.

"화났어?"

그녀가 웃음기 가득한 얼굴로 물었다.

"이 씹새야. 얼굴 안 푸냐?"

덩치 좋은 남자 하나가 서늘하게 말했다.

그 남자의 말에 주변 친구들이 말을 받아 이었다.

"눈 깔아라. 파 버리기 전에."

"어깨 안 구부려?"

놈들이 손에 쥔 무기들을 쥐고 흔들었다.

정우는 그들을 보며 가늘게 웃었다.

"여유만만이네. 웃음도 나오시고."

남자 하나가 눈을 살벌하게 뜨며 말했다.

"웃기잖아. 나 하나 잡자고 이렇게들 몰려 왔는데."

정우가 미소와 함께 가볍게 받아쳤다.

그들의 눈빛이 감정적으로 굳어 졌다.

민머리 남자 하나가 헬멧을 벗으며 오토바이에서 내렸다.

그는 주머니에 손을 꽂아 넣고 정우에게 다가갔다.

"얘기는 들었다. 싸움 좀 한다며? 혼자서 열세 명인가를 해치웠다던데. 그게 진짜인지 아닌지는 모르겠지만. 그게 사실이라고 해도."

그가 턱을 들어 정우를 보며 손에 든 각목을 바닥에 푹 찍었다.

"여기는 사물이나 벽, 문이 없어. 네가 제 아무리 잘나 봐야 어떤 꼴이 될 것 같아? 피떡이 되어선 벌레처럼 바닥을 기어 다니겠지."

끊이지 않는 지겨움의 연속에 정우는 짜증과 분노가 등허리를 타고 흐르는 것을 느꼈다.

상대가 누구든 어떤 상황이든 회피는 돌아오는 칼날을

만든다.

그것이 현실이다.

정우의 눈이 얼음보다 시린 냉기를 흘렸다.

그 눈빛을 보고 남자가 웃음을 흘렸다.

"개떼처럼 몰려오든 몇 놈이 오든 중요한 건 그런 게 아니야. 방식 보다는 결과가 중요한 법이니까. 그게 세력이라는 것이고 힘이라는 거다."

남자가 거만한 표정을 지었다.

엘리스가 빙글빙글 웃는 얼굴로 남자의 옆에 섰다.

"무릎 꿇고 빌어봐. 혹시 알아? 용서해줄지."

남자가 손가락을 들었다.

"개처럼 짖는 것도 추가."

남자가 윙크를 하며 말했다.

앞머리를 쓸어 올리는 정우의 눈이 뜨거운 감정으로 들끓었다.

남자가 웃으며 공격 지시를 내리려 손을 들 때, 정우가 빠르게 세 걸음을 옮겼다.

발로 남자의 복부를 밀어 찼다.

그의 등이 새우처럼 앞으로 구부러졌다.

정우가 양 손으로 그의 머리를 잡아 무릎으로 얼굴을 찍었다.

엘리스가 뒷걸음 칠 때, 팔을 꺾었다.

근육이 뒤틀리는 소리가 생생하게 났고 남자가 핏줄이 선명하게 선 목으로 끔찍한 비명을 내질렀다.

정우가 그가 들고 있던 각목을 빼앗아 상대의 다친 팔을 향해 휘둘렀다.

민머리 남자는 팔을 붙잡고 신음을 흘리며 바닥에 쓰러져 꿈틀거렸다.

정우가 각목을 쥐고서 그들을 노려보았다.

"덤벼."

정우가 말했다.

놈들이 오토바이 위에서 모두 하나 둘 지상으로 내려올 때, 정우가 본격적으로 움직이기 시작했다.

각목을 휘둘렀다.

상대가 팔을 들어 휘둘러진 각목을 막았다.

정우는 옆에서 달려드는 남자의 배를 밀어차고 각목을 당겨 등 뒤에 선, 남자의 얼굴에 각목을 찍었다.

놈들이 본격적으로 움직이기 시작한 이후, 사방에서 개미떼처럼 달려들었다.

정우는 한 놈이 바닥에 떨어트린, 못이 박힌 나무 배트로 무기를 교체했다.

정우의 주변을 둘러싼 남자들이 정우가 손에 든 무기를 보고 우뚝 멈추어 서서 공격을 머뭇거렸다.

놈들이 망설일 때 정우는 그들의 움직임을 살피며 오토

바이 손잡이에 걸려 있는 헬멧 하나를 왼손에 끼워 넣었다. 그리고 그 즉각 길을 뚫기 위해 먼저 움직였다.

머리로 날아오는 알루미늄 배트를 손에 낀 헬멧으로 막았다.

정우는 공격을 막자마자 배트를 휘둘렀다.

나무 배트에 박혀있는 못이 상대의 허벅지에 박혀 들어갔다.

그가 비명을 지르기도 전에 정우가 배트를 잡아 당겼다.

못이 살을 긁고 나오는 소리가 났다.

그 광경에 근처에서 다가서던 남자 셋이 어금니를 깨물며 뒷걸음질 쳤다.

놈들이 흔들릴 때, 기세를 잡아야 한다.

정우의 눈이 오토바이 헤드라이트가 비춰진 공간 안에서 야수처럼 번쩍였다.

각 방향에서 3명이 동시에 달려들었다.

정우의 못 박힌 배트가 어깨를 때렸다.

하얀 티셔츠가 순식간에 피로 물들었다.

정우는 배트를 손에서 놓고 팔꿈치로 옆에서 무기를 휘두르려는 남자의 얼굴을 찍었다.

정우의 등에 알루미늄 배트 한 대가 맞아 들어갔다.

정우는 통증을 참으며, 왼 손에 낀 헬멧으로 그의 머리를 후려쳤다.

급히 주변을 살폈다.

바닥에 쓰러진 남자가 어깨에 박힌 배트의 못을 떼어내고 있었다.

정우가 몸을 날렸다.

앞으로 바닥을 한 바퀴 구르면서 그가 버린 못 박힌 배트를 다시 주워들었다.

낮은 자세에서 배트를 휘둘렀다.

정우의 무기가 바람을 갈랐다.

무릎을 깨고 발등을 찍었다.

"아아악!"

비명이 빗발쳤다.

연이어 한 녀석의 안쪽 허벅지에 못이 박혀 들어갔다.

둔탁한 소리가 났다.

배트를 잡아당기면서 발목을 횡으로 때렸다.

상대의 몸이 중심을 잃고 바닥에 쓰러졌다.

계획대로 길이 열렸다.

빗발치는 비명 소리를 들으며 정우는 일어나자마자 빈 공간을 뚫고, 달렸다.

"저 개새끼가 어딜 도망치려고."

"잡아!"

스무 명의 폭주족들이 욕설을 내뱉으며 오토바이를 타고 정우를 뒤따랐다.

정우는 가장 가까운 곳에 위치한 공중 화장실 안으로 들어갔다.

손에 든 못 박힌 배트를 내려다보며 거친 숨을 고르었다.

정우가 고개를 들었다.

공중화장실 입구 앞에서 20대의 오토바이가 멈춰 섰다.

"독 안에 든 쥐다 너는."

그들이 흥분한 얼굴로 입구 앞으로 다가왔다.

"이야아아!"

놈들이 기합 소리를 지르며 무기를 들고 서로 몸을 부대끼며 밀려 들어왔다.

문턱을 넘어온 한 남자가 손에 든 야구배트를 머리 위로 치켜들었다.

놈이 팔을 머리 위로 들었다.

동작이 크기 때문에 허점 수십 개가 정우의 눈에 포착되었다.

정우가 직선으로 무기를 내질렀다.

배트 끝이 상대의 목을 때렸다.

놈이 무기를 떨어트리고 목을 붙잡고 켁켁 거렸다.

기침을 하며 구부린 그의 등에 배트를 꽂아 넣었다.

그 뒤로 놈들이 문턱을 줄줄이 넘어왔다.

손잡이 끝으로 관자놀이를 때리고 왼쪽으로 밀려들어온 남자의 가슴을 배트 끝으로 찍었다.

"끄아악!"

뒤이어 들어온 놈이 정우의 배를 밀어 찼다.

정우가 뒤로 밀려나자 그들이 눈을 벌겋게 빛내며 화장실 안으로 득달같이 밀어닥쳤다.

정우가 배트를 휘두르자 피바람이 불었다.

배트에 박힌 못이 옆구리와 어깨, 팔 다리를 사정없이 찢어냈다.

"이 개새끼가!"

핏발 선 눈으로 한 놈이 달려들었다.

정우가 그의 가슴을 발로 밀어 찼다.

몸이 붕 뜬 남자가 거울에 등을 처박았다.

유리 깨지는 소리가 쩌저적 울렸다.

정우는 화장실 대변기 칸 안으로 물러나 다시 자세를 잡았다.

"와라."

정우가 눈을 번쩍이며 말했다.

출입구는 물론 양쪽 대변기 좌우 문틀 위로 놈들이 기어 올라갔다.

좁은 공간에서 무기는 오히려 독약이다.

왼쪽 문틀 위로 올라간 상대에게 손에 든 배트를 집어 던졌다.

배트를 맞고 몸이 바닥에 떨어지는 요란한 소리가 났다.

56

문을 넘어 들어온 놈이 쇠파이프를 휘둘렀다.

정우는 팔을 들었다.

쇠파이프가 팔목을 때리자, 욱신한 통증이 솟구쳤다.

정우는 어금니를 깨물며, 앞에 선 남자의 팔을 잡아 꺾었다.

근육을 뒤틀었다.

놈은 감전된 것처럼 바닥에 쓰러졌다.

한 놈이 문틀 위에서 등 뒤로 떨어져, 정우의 목에 팔을 휘감았다.

손을 들었다.

목을 조르는 남자의 양 쪽 눈에 엄지손가락을 구겨 넣었다.

"끄아아악!"

목을 조르던 남자가 눈을 붙잡고 바닥에 쓰러져 몸부림쳤다.

그 사이 다른 한 놈이 정우의 배를 밀어 찼다.

정우는 배를 붙잡으며 뒷걸음질 쳤다.

등이 벽 타일에 붙었다.

머리 위로 쇠파이프가 날아왔다.

고개를 왼 쪽으로 틀었다.

깡! 하고 쇠파이프가 벽을 때리는 소리가 났다.

정우가 허리를 비틀며 주먹을 내질렀다.

상대의 턱이 돌아갔다.

쓰러지려는 놈의 머리를 잡아 칸막이 벽에 머리를 찍었다.

인원을 파악했다.

남은 수 여덟.

하지만 다쳤던 놈들이 다시 일어나면서, 놈들의 숫자가 바퀴벌레처럼 느껴졌다.

눈을 다쳤던 남자가 뒤에서 정우의 어깨를 잡고 주먹을 날렸다.

고개를 숙여 주먹을 피하고 등 뒤로 돌아갔다.

칸막이 벽을 발로 차면서 몸을 공중으로 날렸다.

놈의 머리 위에서 팔꿈치를 들어 정수리를 내려찍었다.

그가 다리에 힘이 빠지면서 바닥에 무릎을 꿇었다.

그 사이 정우는 변기 로탱크 도기 덮개를 들어 문 밖으로 집어 던졌다.

놈들이 피하면서 정우가 던진 도기 덮개가 세면대를 박고 산산조각이 났다.

정우는 놈들이 놓친 쇠파이프 중 하나를 주워 문 밖으로 천천히 걸어 나갔다.

놈들이 좌우 양 쪽에서 허리 높이를 낮추며 자세를 잡았다.

수가 현저하게 줄었다.

바닥은 피 때문에 미끌 거렸고 통증으로 신음하는 놈들이 화장실 곳곳에 쓰러져 있었다.

수가 줄은만큼 사기가 떨어질 때로 떨어진 듯 그들의 눈빛은 긴장감으로 격하게 흔들리고 있었다.

텁텁하고 무거운 공기가 흘렀다.

놈들은 기가 죽었고 이쪽에서는 체력이 회복됐다.

짧지만 시간을 번 셈이다.

숨 한 번 돌릴 시간만 주어지면 그 다음은 다시 피보라가 몰아친다.

너희는 실수한 거야.

침묵을 깨트렸다.

정우가 손에 쥔 쇠파이프로 단숨에 붙어있는 두 명의 팔과 손목을 부러트렸다.

공격이 시작되자 양 쪽에서 이판사판으로 달려 들어왔다.

두려움을 잊기 위해서일까.

놈들은 마치 생존을 위한 사냥처럼 쩌렁쩌렁한 소리를 내질렀다.

정우에게 가속도가 붙었다.

전투가 몸에 배이자 시야도 넓어졌다.

정우가 쇠파이프를 춤을 추듯 휘둘렀다.

"아아아악!"

찢어질 듯 벌어진 입에서 비명 소리가 쏟아져 나왔다.

정우는 놈들의 무기를 아슬아슬하게 피하며 놈들의 팔 다리를 박살냈다.

체력이 조금 빠져 팔이 다소 무겁게 느껴질 때 발을 빼고 벽 모서리를 등지고 섰다.

놈들이 무기를 휘두를 때, 정우는 눈을 감지 않았다.

공격 경로의 궤적을 끝까지 눈으로 좇았다.

머리로 휘둘러져 온 알루미늄 배트를 손에 든 쇠파이프로 쳐내고 턱을 후려쳤다.

이빨이 깨지면서 상대의 입가에 피가 훅 번졌다.

쓰러진 놈을 쇠파이프로 허벅지를 때리고 갈비뼈를 부서트렸다.

한 놈이 죽는 소리를 낼 때 두 명이 상체를 숙이며 정우의 복부에 어깨를 밀고 들어왔다.

두 명이 각자 정우의 다리 하나씩을 붙잡았다.

벽으로 밀면서 위로 들어올렸다.

정우의 다리가 허공에 떴다.

상체가 흔들 거려 중심을 잡기가 쉽지 않았다.

그 사이 뒤에 그들 뒤에 서 있던 민머리가 다급하게 주변을 두리번 거리더니 자신의 무기를 버리고 정우가 썼던 못 박힌 나무 배트를 주워들었다.

바보 한 놈 덕분에 시간을 벌었구나.

정우는 다리를 붙잡고 있는 두 놈의 꼬리뼈를 쇠파이프로 내리쳤다.

꼬리뼈에 충격을 받자마자 다리를 잡고 있던 팔에 힘이 빠져나가는 게 느껴졌다.

그들이 무릎을 꿇고 게거품을 물었다.

정우는 못 박힌 배트를 들고 어정쩡하게 서 있는 민머리 녀석을 쳐다봤다.

다리가 얼어붙은 듯 그는 더 이상 다가오지 못하고 있었다.

정우는 바닥을 기어 다니고 있는 두 놈의 등에 쇠파이프를 채찍처럼 휘둘렀다.

둔탁한 소리가 화장실을 커다랗게 울렸다.

지켜보던 몇 명이 입술을 떨며 무기를 버리고 화장실을 뛰어 나갔다.

도망치던 놈들 중 하나가 피에 미끌려 바닥에 철퍽 넘어졌다.

정우가 빠르게 걸어가 넘어진 그의 한 쪽 다리를 잡아 끌어당겼다.

"으어어!"

정우의 손에 화장실 깊은 안쪽으로 끌려오는 그의 눈이 튀어나올 듯 확장 됐다.

정우가 어금니를 깨물며 종아리와 발목을 내리쳤다.

그가 발작적인 비명을 내지르며 몸부림을 쳤다.

비명을 내지르고 있는 그의 입 안에 쇠파이프를 살짝 밀어 넣고 뺨을 밟았다.

입 안이 터지는 게 발끝에서 느껴졌다.

정우는 땀과 피에 젖은 머리를 쓸어 올리며 마지막으로 서 있는 민머리를 돌아봤다.

정우의 시선이 그가 들고 있는 못 박힌 배트로 향했다.

민머리는 침을 꿀꺽 삼키며 무기를 버리고 무릎을 꿇었다.

정우는 그를 내려다보다가 손에 든 쇠파이프를 바닥에 강하게 내동댕이쳤다.

쇠파이프가 바닥을 때리는 소리에 민머리가 어깨를 움찔 떨었다.

정우는 깨진 거울 앞으로 걸어갔다.

깨진 거울에 비친 얼굴에는 피가 덕지덕지 묻어 있었다.

세면대에 물을 틀어 세수를 했다.

물기 묻은 얼굴을 들어 주변을 살폈다.

사방에서 남자들이 꿈틀 거리거나 바닥을 기어 다니고 있었고 무릎을 꿇고 있는 민머리는 사시나무처럼 떨고 있었다.

정우가 호흡을 가다듬으며 무정한 눈으로 민머리를 내려다 봤다.

민머리는 정우의 눈을 보고 눈물을 흘렸다.

반쯤 벌린 입에서는 우는 듯한 소리가 새어 나왔다.

"세력? 힘?"

정우가 민머리를 내려다보며 말했다.

민머리는 말을 하려 애를 썼지만 그는 극도의 공포감에 목소리가 나오지 않는 것처럼 보였다.

"한 유능한 변호사가 나한테 그런 얘기를 했어. 든든한 친구를 둔 덕분인건지."

정우가 웃었다.

"사람을 죽여도."

정우의 눈이 냉각되었다.

"죄를 면할 수 있다더군."

민머리가 바지에 오줌을 지렸다.

"힘이라는 건 상대적인 거지."

정우의 작은 목소리가 민머리의 귓속으로 파고 들어갔다.

민머리가 혼이 나간 백지장 같은 얼굴로 울음을 터트렸다.

"내가 두려운 건 너희도 그 누구도 아니야."

정우가 먼눈으로 혼잣말처럼 말했다.

정우의 뒷말이 나오려는 순간 경찰차 싸이렌 소리를 듣고 사념에서 깨어났다.

민머리 앞으로 걸어갔다.

그는 헛바람을 삼키며 몸을 잔뜩 웅크리며 벽에 붙었다.

민머리 얼굴 앞으로 무릎을 굽혀 앉았다.

민머리는 정우의 시선을 피하며 고개를 푹 수그렸다.

"고개 들어."

민머리가 바들바들 떨면서 고개를 들었다.

정우가 그의 눈을 보며 웃었다.

"재밌었다."

공포를 참기 위해 어금니를 깨물고 있는 그의 턱이 덜덜 떨렸다.

"다시 만나면…. 왼쪽 눈 하나. 그 다음엔 혀. 그 다음엔 고막 하나. 그리고 네 내장들이야."

정우가 웃음기를 지웠다.

"네 몸 안에 뭐가 들어 있는지. 네 입에서 어떤 소리가 나오는지. 눈과 귀 하나 정도는 남겨놔야 보고 들을 수 있을 테니까."

민머리의 입에서 끅끅 거리는 신음 소리가 흘러 나왔다.

"또 보자."

공중화장실에서 나온 정우는 멀리 보이는 싸이렌 불빛을 잠시 지켜보다가 그 곳을 벗어났다.

제 3 화
끈

I

강력계 박 반장은 한강 공중화장실에 들어가면서 얼굴을 꽉 찌푸렸다.

거울은 깨져 있었고 바닥과 벽은 옅은 피들로 가득했다.

박 반장은 깨져있는 로탱크 도기 뚜껑 파편을 발로 차면서 민머리에게 걸어갔다.

민머리는 발자국 소리를 듣고 화들짝 놀라며 양 손으로 자신의 머리를 움켜잡았다.

박 반장은 벌벌 떨고 있는 민머리를 보며 한숨을 쉬었다.

완전히 패닉 상태다,

"이거야 원…."

박 반장은 혀를 차면서 화장실 내부 곳곳을 살폈다.

부상자들의 상태가 꽤 심해 보였다.

박 반장은 바닥에 떨어져 있는 못 박힌 배트를 주워들었다.

못 사이로 피가 덕지덕지 묻어 있다.

"야! 구급차부터 불러."

박 반장의 명령에 부하 하나가 전화기를 들고 화장실을 나갔다.

"이봐. 너희 폭주족이지?"

제대로 된 대답이 돌아올 거라는 기대는 애초부터 없었다.

민머리는 고개를 숙여 떨기만 했다.

"장 형사랑 강 형사."

"예 반장님."

"네."

"병원에서 애들 치료되는 대로 서로 데려오고 애부터 차에 실어."

"알겠습니다."

두 형사가 민머리를 데리고 가기 위해 팔을 잡았다.

민머리가 '히이익' 하는 기겁하는 소리를 내며 몸을 흔들었다.

"정신 차려 이 새끼야!"

박 반장이 호통을 쳤다.

민머리는 숨을 삼키며 동그랗게 뜬 눈으로 형사들에게 이끌려 화장실을 나갔다.

"애새끼들이 벌써부터 전쟁은 쯧."

박 반장은 쓴 표정으로 화장실을 나왔다.

"이 주변 샅샅이 뒤져. 의심되는 놈들 보이면 확실하게 조치하고."

"예 반장님."

대기하고 있던 형사들이 뿔뿔이 흩어졌다.

박 반장은 그들이 개조한 오토바이들을 한심하게 쳐다봤다.

요 근래 좀 조용한가 싶더니 결국 일이 벌어졌다.

차라리 잘 됐다 싶기도 했다.

그렇지 않아도 동네에서 폭주족들을 두고 소음이니 뭐니 이런 저런 말이 많았다.

박 반장은 이왕에 이렇게 된 거 철저하게 조사해서 뿌리를 뽑아야겠다고 마음을 먹었다.

◆◆◆

정우는 건물 옥상에서 경찰들의 움직임을 주시했다.

한강을 빠져 나올 때부터 지금까지 엘리스는 보이지 않았다.

옥상 문을 열고 비상계단을 타고 건물을 나올 때 메시지가 왔다.

발신자는 엘리스.

이번 메시지 역시 MMS로 왔다.

사진을 터치했다.

확대된 사진을 본 정우는 고개를 들었다.

엘리스가 손으로 브이를 그리며 사진을 찍은 배경은 한강 위에 위치한 대교였다.

정우는 고개를 들었다.

저 멀리 대교에 희미하지만 한 사람이 보였다.

정우는 대교 쪽을 향해 빠르게 걸음을 옮겼다.

꽤 빨리 걸었는데도 대교 안으로 들어서기까지 10분이 걸렸다.

엘리스 앞에 도착한 정우는 인도 바닥에 놓여 있는 신발을 보고서 눈이 굳었다.

"무슨 짓이야?"

정우는 고개를 들어 맨발로 난간 위를 위태롭게 걷고 있는 엘리스를 노려보았다.

실수로 발을 헛디디기라도 하는 순간엔 한강물로 떨어진다.

72

상당한 높이다.

이대로 떨어진다면 목숨을 장담할 수 없다.

그런데도 엘리스는 얼굴색 하나 변하지 않고 재미있다는 듯 양 팔을 좌우로 벌리며 난간 위를 걸어 다녔다.

"어때? 나 꽤 감각 있는 것 같지 않아?"

그녀는 바람에 흩날리는 머리를 손으로 넘기며 웃고 있었다.

"장난치지 말고 당장 내려와."

엘리스가 눈을 동그랗게 떴다.

"걱정해주는 거야?"

"내려오라고."

정우가 그녀에게 한 걸음 다가갈 때 엘리스가 면도날을 꺼냈다.

작은 면도날이 붉은 조명을 받아 번쩍 거렸다.

"다가오지 마."

정우는 굳은 얼굴로 멈춰 섰다.

"꽤 대단하네? 30명 가까이나 불렀는데. 진짜 말도 안 돼. 하지만 이겼다고 생각하지는 마. 네게 좋은 선물을 주고 갈 생각이니까."

엘리스는 손으로 입을 가리며 웃었다.

"내려와."

엘리스는 콧노래를 부르며 중심을 잡았다

"있잖아. 나 체조 했었어. 고소공포증도 없고 뭐 그걸 떠나서라도 일반적인 공포나 두려움 같은 것도 없어. 특이하지?"

"뭐하자는 거야 지금."

"걱정하지 마. 네 주위 사람을 다치게 하는 일 같은 거. 그런 재미없는 건 사실 관심 없으니까."

엘리스는 정우의 눈빛을 보고 빙긋 웃었다.

"신기한 눈이네."

"내려오라고."

정우가 화난 목소리로 말했다.

"설마 걱정하는 건 아니지?"

엘리스가 정우의 눈빛을 보고 고개를 갸웃 거렸다.

"어째서?"

"……."

"어째서 걱정하는 거야?"

"……."

"난 널 해치려고 했었어. 그 것도 아주 잔인하게. 그런데 왜 날 걱정 하는 거야? 떨어지든 말든, 죽든 살든, 아니 오히려 내가 자살로 죽으면 더 편한 거 아닌가? 앞으로 널 귀찮게 할 일도 없을 텐데. 혹시 나이스 가이 컴플렉스?"

엘리스가 비웃음이 묘하게 섞인 표정을 지었다.

"그게 아니면 내가 지금부터 할 일들을…. 눈치 챈 건가?"

"이 쪽의 뜻은 그 쪽에 대한 걱정이 아니라 한심이야."

"뭐?"

"이 세상에서 네가 가장 불행하다고 생각하지?"

"입 닥쳐."

엘리스의 얼굴이 눈에 띄게 굳어졌다.

"네 개인적 과거사로 타인에게 피해를 끼친다는 게 어떤 의미인지 알아?"

"입 닥치라고."

"자기애가 강한 건 숨기고 있을 때나 가치가 있는 법이야. 하지만 넌 아니지. 이기적이고 독단적이며 자기 자신밖에 모르는, 돈 뒤에 숨은, 그저 비겁한 패배자일 뿐이야 넌."

"네가 뭘 안다고 감히 나를 평가해."

엘리스의 얼굴에 감정이 차올랐다.

"인간은 흔히 배가 부르고 몸이 둔해지면 생각이 많아지지. 너무 편하니까 고통을 원하는 거야."

엘리스가 정우를 노려보며 몸을 부르르 떨었다.

"지루한 설교는 그만 집어치우시지."

"어리광을 부리기엔 너무 많이 자랐다는 생각이 들지 않나?"

엘리스가 눈을 부릅뜨며 웃었다.

"편하니까 고통을 원하는 거라고? 내가 무슨 일을 겪었는지 네가 알아?"

"알아."

엘리스가 비웃음을 던졌다.

"그럼 너도 짐승같은 남자 새끼라 결국 다를 바가 없는 거네."

"네가 손해 본 건 아니잖아."

"뭐?"

엘리스가 표정을 잃었다.

"양 아빠가 너를 범하려고 했고 결국은 실패했어. 그리고 넌 그 자를 죽였지. 동기를 떠나서 범법으로 따지자면 그 자는 강간 미수고 넌 살인이야. 누가 더 억울할까?"

"그런 벌레같은 자식은 죽어도 괜찮아. 이 세상에 하등 필요 없는 해충 같은 거니까."

"가면 쓰지 마. 넌 살인으로 인한 피해망상이야. 그 사건에 의해 자기 자신이 이렇듯 망가져 버렸으니 세상 모두가 원망스럽겠지. 하지만 넌 신이 아니야. 나약한 인간일 뿐 타인에게 불행과 상처와 고통을 줄 권한 따위는 네게 없어. 그깟 알량한 돈 몇 푼으로 날 네 맘대로 짓밟을 수 없듯이."

엘리스가 일그러진 얼굴로 난간 위에서 인도로 뛰어 내렸다.

그녀는 면도날을 들고 정우에게 달려들었다.

엘리스가 손에 쥔 면도날을 휘둘렀다.

정우가 그녀의 손목을 잡아챘다.

손목에는 자살을 시도한 상처가 수 없이 겹쳐져 있었다.

"이거 놔!"

엘리스가 몸부림쳤지만 정우는 그녀의 팔을 풀지 않았다.

"그런 인간 하나 때문에 이렇게 망가지는 거 너무 아깝다고 생각 안 해?"

"……."

"분하고 억울할 정도로 멋지게 사는 거야. 복수는 그렇게 하는 거다."

바닥에 면도날 떨어지는 소리가 났다.

엘리스가 정우를 노려보며 울음을 터트렸다.

"위선 떨지 마. 역겨우니까."

엘리스가 흔들리는 목소리로 말했다.

정우가 손을 놓았다.

"힘들잖아 너."

엘리스의 눈빛이 흔들렸다.

"누구 좋으라고 그렇게 사는지는 모르겠지만. 나라면 세상 모두가 배 아플 정도로 멋지게 살았을 거다."

"그게 그렇게 쉬울 것 같았으면 여기까지 오지도 않았어.

주제 넘는 것도 사형감이시네."

"도와줄게."

"네까짓 게 무슨…."

"변할 수 있을 거야. 나와 내 친구들이라면…."

"웃기지 마. 너희 같은 가난뱅이들이랑 내가 어울릴 것
같아?"

"언제든지. 힘들거나 지쳤을 때, 손 뻗어. 잡아 줄 테니
까."

"동정 같은 거 필요 없어. 나 혼자서도 얼마든지…!"

"웃게 될 거야."

정우가 고개를 끄덕이며 말을 이었다.

"아마도."

엘리스가 눈물을 감추며 웃었다.

"대단하네. 어떻게 그렇게 확신해?"

"마음이 여린 사람일수록 잔인해지기 쉬운 법이니까."

엘리스가 아랫입술을 깨물었다.

"다시 시작하는 거야."

엘리스가 입을 열려고 할 때, 정우가 말을 끊었다.

"아직 늦지 않았으니까."

엘리스가 표정을 풀고 웃음을 흘렸다. 그리고 그 웃음은
점점 더 짙어지기 시작되더니 배를 잡고 깔깔 거리며 웃기
시작했다. 한참동안 웃음을 터트리던 엘리스는 눈물까지

닦아가며 겨우 웃음을 진정 시켰다.

"너무 웃겨서 눈물이 다 나네. 너 진짜 재밌다. 그런 오글거리는 말 뱉으면 내가 감동해서 눈물이라도 흘릴 줄 알았어? 으흐흑. 그럼 날 친구로 받아주는 거야? 이러면서?"

그녀가 표정을 굳히며 말을 이었다.

"미안한데. 난 그런 찌질하고 더러운 친구들은 필요가 없거든?"

"나도 그랬어. 주변에 사람 같은 거. 귀찮고 그다지 도움도 안 되고 시간만 잡아먹는 불필요한 거라고 생각했으니까. 그런데."

정우는 진심으로 그들을 떠올리며 고개를 끄덕였다.

"힘이 돼."

정우가 고개를 들었다.

"어떤 식으로든."

엘리스가 입매를 비틀었다.

"잘 생각해봐."

정우가 말을 끝맺고 어깨를 돌렸다.

"…새로운 시작 같은 건 없어."

정우가 천천히 옮기던 걸음을 멈추고 뒤로 돌았다.

엘리스는 난간 틀 위로 유연하게 올라갔다.

"멈춰…."

"이제 그만 할래,"

"엘리스!"

"내가 친구가 없거든? 우리 엄마한테 마지막 인사 좀 전해줘. 너무나 믿고, 미웠던 만큼 미안했다고."

엘리스가 한강을 향해 미련없이 몸을 던졌다.

정우가 이를 꽉 물며 달렸다.

엘리스를 뒤 따라, 지체 없이 난간을 넘어 뛰어 내렸다.

한강으로 떨어지던 엘리스가 뒤따라 몸을 던진 정우를 보고 눈을 커다랗게 떴다.

엘리스의 몸이 한강물에 잠겼고 뒤이어 정우의 몸도 한강 물속으로 떨어져 내렸다.

제 4 화

씨앗

제 4 화
씨앗

I

엘리스는 서서히 눈을 떴다.

익숙한 벽지가 눈에 들어왔다.

자신의 오피스텔이다.

정신을 차리고 주변을 둘러보던 그녀는 눈물을 글썽이
고 있는 엄마를 보고 얼굴을 굳혔다.

"어쩌자고 거길 뛰어 들어 뛰어 들길!"

엄마가 울음을 터트리며 자신의 몸을 흔들었다.

"미안해."

"······"

"죽었어야 했는데, 이렇게 살아있어서."

엄마가 엘리스의 뺨을 때렸다.

"그게 할 말이야!"

"지쳤잖아. 엄마도."

엘리스의 말에 그녀는 마치 망치에 맞은 듯한 표정을 지었다.

"내가 나갔을 때, 엄마도 포기한 거 아니었어?"

엘리스는 고개를 돌리며 힘없이 웃었다.

"지겹다 진짜."

엘리스가 침대에서 내려오자 엄마가 급히 그녀의 팔을 붙잡았다.

"어디 가려고?"

엘리스가 엄마를 돌아보았다.

"부탁 하나만 들어줘."

"······?"

"엄마 돈 많잖아. 예전처럼 많이는 필요 없으니까, 매달이 오피스텔. 그리고 생활비 정도. 그 정도만 부탁해. 더 이상 문제 일으키지 않을 테니까. 우리 안 보고 살자."

엄마가 엘리스를 끌어안았다.

"미안해. 미안해. 엄마가 잘못했어. 용서해줘. 한 번만 용서해줘. 엄마는. 엄마는 버린 게 아니라. 너무 힘들어서. 네 말대로 조금 지쳤었나봐. 정말이야. 미안해 용서해줘."

"부탁할게."

엘리스는 엄마를 밀어내고 욕실에 들어가 샤워기에 물을 틀었다.

옷을 입은 채로 물을 맞았다.

5분 정도 흘렀을까.

현관문 열리는 소리가 들렸다.

엘리스는 물을 끄고 젖은 채로 빈 거실로 나와 오디오 리모콘을 잡았다.

재생버튼을 누르자 라흐마니노프의 보칼리제가 흘러 나왔다.

엘리스는 말라버린 듯한 눈으로 통유리 너머의 도시 야경을 조용히 응시했다.

◇◇◇

정우는 침대에 누워 긴 숨을 내뱉었다.

엘리스와 일이 생겼던 건 기억을 잃은 후 정신적으로 가장 힘든 시간이었다.

엘리스는 적대적인 여자라기보다 정신적인 질환을 앓고 있는 환자처럼 느껴졌다.

그래서인지 정우에게 있어서 그녀의 행동과 방식은 분노라는 느낌보다는 상당히 까다로운 문제였다.

힘으로 모든 사건을 해결할 수는 없다.

두려움이란 삶에 대한 열망과 희망이 있는 사람으로부터만 존재한다.

정우는 확신했다.

그녀의 눈은 죽음을 두려워하지 않았다.

오히려 죽음을 안식처럼 느꼈다.

다만 쉽게 생을 떠나보내지 않은 건 흔적.

남겨지는 것에 대한 두려움이었을 것이다.

그런 대상을 상대로 맞불을 붙여봐야 화재를 진압하기는 커녕 불씨를 돋우는 바람밖에 되지 않는다.

무엇보다 여자를 상대로 고통을 주제로 협박하기에도 마음이 내키질 않았다.

정우는 부디 이번 일을 끝으로 더 이상 엘리스와 엮이는 일이 없기를 바랐다.

이번에 깨달은 일이지만 여자를 상대하는 건 최악이다.

눈가에 팔을 얹었다.

피곤함이 엄습했다.

그저 조용히 공부하면서 평범하게 살고 싶을 뿐이었다.

되돌아 생각해보면 짧은 기간 사이에 꽤나 많은 일들이 일어났다.

오롯이 자기 자신으로써 살아가기 위해서는 그에 따르는 대가와 책임이 따른다.

사람은 쉽게 변하지 않는다.

그 것은 결국 앞으로도 마찰을 피할 수 없을 가능성이 크다는 뜻.

정우는 쓴웃음을 지었다.

평범한 일상을 바라는 것 자체가 생각해보면 모순이고 욕심이다.

딜레마로 인한 심적 답답함에 진저리 칠 때, 벨소리가 들렸다.

정우는 팔을 뻗어 책상 모서리 둔 휴대폰을 집었다.

확인해보니 발신자는 김주호였다.

"그래."

─ 목소리가 왜 다 죽어가?

"왜 전화 했어?"

─ 넌 무슨 꼭 일이 있어야 전화 하냐?

"시계 없어? 늦었잖아. 할 얘기 없으면 끊자. 피곤하다."

─ 야야! 끊지 마. 할 얘기 있어. 있다고.

"얘기해 그럼."

─ 내가 생각해봤는데. 우리 체육관 있잖아. 그 영감탱이 체육관 말이야.

"체육관이 왜? 무슨 일 있어?"

─ 아니 그게 아니라 솔직히 너무 허름하잖아. 내가 전에 폐가라고 한 것도 그게 사실 빈말이 아니야. 니무 심하나

고. 요즘 같은 세상에 그렇게 구린데서 운동하고 싶겠냐? 회원이 없는 것도 다 이유가 있는 거라고.

"그래서."

– 나한테 반짝이는 아이디어가 있지.

김주호가 들뜬 목소리로 말했다.

"……."

– 리액션 좀 하지?

"얘기해."

– 알았다 알았어. 그니까 내가 체육관을 하나 차리는 거야. 뭐 그렇게 크지도 작지도 않게 간지나게 삐까뻔쩍하게. 그리고 영감을 스카우트 하는 거지. 뭐 기존에 영감이 운영하던 체육관은 처분을 하든지 아니면 추억으로 남겨두던지 그거야 영감탱이 마음대로 하라고 하고. 그럼 1석 2조 아니냐? 나도 돈 벌고 영감도 돈 벌고. 아 물론 영감님한테는 내가 운영하는 거라고는 얘기 안 할 생각이야. 괜히 자존심 상할 수도 있고 기분 나쁠 수도 있고 무튼 복잡하잖아. 해서 그냥 아는 사람 소개라고 스카웃 딱지 내밀면 괜찮을 것 같은데. 네 생각은 어때?

"선수는 제외하고 일반인 프로그램으로만 운영하는 건가?"

– 아니 그건 아니고. 처음에는 일단 가볍게 그렇게 시작했다가 뭐 상황 봐서 선수 영입이나 아 그거야 나중 얘기

고. 아니 그러니까. 괜찮은 것 같냐고.

"네가 관장님을 그렇게 마음 쓰고 있는지 몰랐다."

김주호가 코웃음을 쳤다.

– 누가 그 영감탱이 좋으라고 이러는 줄 아냐. 이게
다….

"이게 다 뭐?"

– 이게 다….

"뭐냐고."

– 워, 워밍업 같은 거지. 그래 워밍업. 내가 누구 위해서
이렇게 일을 벌일 것 같냐. 미래의 대 사업가가 되실 이 김
주호님의 작은 시작이랄까? 암튼 네 생각은 어떻냐고.

"어차피 나중에 다 들통 날 일이야. 관장님 만나서 네 생
각 말씀드리고 한 번 얘기 나눠. 그리고 대 사업가가 되실
양반께서 왜 남 뒤에 숨어서 그런 짓을 해."

– 그런가? 아 근데 영감이랑 왠지 대화가 안 될 것 같은
데.

"그것도 못해서 앞으로 뭘 어떻게 하겠냐. 정말로 같이
함께 하고 싶다면 잘 준비해서 가."

– 준비라니 뭘?

"너 이제 겨우 고3이야. 무턱대고 사업하겠답시고 설치
면 돌아올 관장님 대답이 주먹 밖에 더 있겠어?"

– 그야 그렇겠지 아 그냥 숨어서 하면 편한데.

"그럼 그렇게 투덜거리지 말고 네 뜻대로 해보던가."

- 근데 네 말 들어보니까 나중에 괜히 일 틀어지면 어우. 감당할 수가 없겠다 야. 음... 준비를 뭘 어떻게 해야 하지? 아 뭐 시작하기 전부터 이렇게 골치가 아파.

정우는 짧게 웃었다.

"적정선 지켜. 괜히 선 넘다가 난리 난다."

- 나 김주호야 김주호. 날 어떻게 보고.

"널 아니까 그러지. 퇴원 언제 해?"

- 오늘 내일? 병원 밥도 지겹고 병원 옷도 지겹고. 특히나 가장 고문스러운 건 뭔지 아냐? 여기 간호사들 전부 얼굴 상태가 이상해. 응. 이상해.

"퇴원하면 보자 그럼."

- 그래.

전화를 끊고 정우는 눈을 감았다.

김주호는 알면 알수록 어린애 같다는 생각이 들었다.

마치 칭찬 받고 싶어 안달 난 애정결핍에 시달리는 아이.

엘리스도 마찬가지겠지.

정우는 검은 눈으로 천장을 보다가 눈을 감았다.

눈을 떴을 때는, 새벽 4시였다.

책상 위에서 휴대폰이 진동으로 부르르 떨리고 있었다.

정우는 졸린 손바닥으로 문지르며 휴대폰을 확인 했다.

발신자를 확인하자마자 입에서 신음이 흘러 나왔다.

정우는 침대에 누워 눈을 감은 체로 엘리스 전화를 받았다.

"몸은 좀 어때?"

– 오피스텔로 와.

"뭐?"

– 오피스텔로 오라고.

"지금 몇 신지 알아?"

– 새벽 4시 12분?

"몸도 괜찮은 것 같은데. 할 말 있으면 월요일 아침에 학교에서 해. 아니면 내일 하던 가."

– 손 내밀라고 했던 게 누구였더라?

"그건…."

– 할 말 있어. 물어볼 것도 있고. 주소 보낼 테니까 있다 봐.

전화가 끊어졌다.

정우는 한숨과 함께 한 손으로 얼굴을 덮었다.

현관문이 열리고 엘리스가 보였다.

흰 목욕 가운을 입고 있었는데 깊은 가슴골이 훤히 드러나 있었다.

"들어와."

"한강 물에 빠지더니 머리에서 열 나냐?"

"무슨 그런 말을. 아 이거 때문에 그래?"

엘리스가 목욕 가운 옷깃을 집어 보이며 말했다.

"할 얘기가 뭐야?"

"신경 쓰여?"

엘리스가 놀리는 듯한 웃음을 지었다.

"장난치지 말고 사람 오라고 했으면 그만한 이유가 있을 거 아니야."

"계속 그렇게 서 있을 거야?"

"본론만 짧게 해."

"다리 아파."

엘리스가 거실로 가면서 손을 까딱거렸다.

정우가 고개를 돌리며 한숨을 쉬었다.

거실로 들어가자 엘리스는 커튼을 치고 주방으로 향했다.

"뭐 마실래?"

"됐다."

엘리스는 냉장고에서 작은 팩 음료 하나를 꺼내왔다.

팩에 빨대를 꽂아 먹는 그녀를 보며 정우는 머리가 어지러워지는 걸 느꼈다.

팩은 음료가 아니라 소주였다.

고등학생이 소주라니….

이제 그녀에 대해 별로 놀랍지도 않은 일이지만 자신의 말이 이런 식의 골치 아픈 상황을 만들 거라고는 전혀 생각하지 못했다.

후회가 파도처럼 밀려왔다.

"자."

엘리스가 빨대가 꽂힌 소주 팩을 내밀어 보였다.

"치워."

엘리스가 눈웃음을 지어 보였다.

"싸움은 그렇게 잘 하면서 설마 소주도 안 먹어본 건 아니겠지? 공부도 잘 한다던데."

"말 돌리지 말고…."

"너무 하는 거 아니야? 친구가 되주겠다고 할 땐 언제고 이제 와서 귀찮아하는 거야?"

"너 개념 없어? 시간을 봐봐. 곧 새벽 5시야. 그리고 무슨 여자가 이 시간에 남자를 집으로 끌어 들여. 더군다나 그런 꼴로."

엘리스가 정우를 보며 씨익 웃었다.

"왜? 긴장 돼?"

엘리스가 정우 쪽으로 상체를 기울였다.

가운 앞섬 사이로 겹친 가슴골이 노골적으로 드러났다.

"할 얘기 없는 것 같은데, 그만 가다."

정우가 일어설 때 엘리스가 정우의 손목을 잡으며 뒤에
섰다.

"너도 어느 정도 기대하고 온 거잖아."

정우가 미간을 찡그리며 엘리스를 돌아 봤다.

엘리스가 미소를 지으며 정우의 허리에 양 팔을 살짝 휘
감았다.

"여자가 이 시간에 개인 오피스텔로 남자를 부르는 거.
그게 어떤 의미인지 모른다고 말 못 할 텐데. 괜히 핑계 댈
거 없어. 지금 여긴 너랑 나 둘 뿐이니까."

엘리스가 정우를 올려다보며 매혹적으로 웃었다.

"날 구하려고 한강 물에 까지 뛰어내리다니."

엘리스가 웃음을 흘렸다.

"조금 감동 받았어."

엘리스가 정우의 목에 팔을 감았다.

"다른 여자들한테도 그러나?"

엘리스가 고개를 한 쪽으로 기울이며 물었다.

눈빛이 느슨하다.

입술은 반쯤 열려 있다.

가관이군.

정우는 그녀의 이마에 딱밤을 때렸다.

"아!"

엘리스가 이마를 붙잡고 뒤로 물러났다.

"뭐하는 짓이야!"

엘리스가 눈물을 찔끔 흘리며 이마를 문질렀다.

"아픈 건 아냐?"

"진짜 죽을래!"

정우는 컴퓨터 책상 위에 널브러져 있는 옷을 주워들었다.

옷 아래에 캠코더가 켜져 있었다.

정우는 녹화된 영상을 삭제했다.

엘리스는 맥 빠진 얼굴로 소파에 깊숙이 몸을 묻었다.

"그 짧은 시간에 그건 어떻게 찾았대?"

엘리스가 입술을 비죽 내밀었다.

"심심하면 애완동물이라도 길러. 이런 유치한 짓 하지 말고."

엘리스가 '푸훗' 하고 웃었다.

"애완동물은 무슨."

"겁은 또 얼마나 많으신지."

정우가 고개를 저으며 캠코더를 내려놓았다.

"내가 겁을 낸다고?"

정우는 천장을 보며 고개를 끄덕였다.

"애정결핍증에겐 고양이보단 강아지가 낫겠네."

"누가 애정결핍증이야!"

엘리스가 소리를 바락 질렀다.

"시끄럽고, 앞으로 이런 유치한 짓은 제발 좀 자제해라."

정우는 휴대폰으로 시간을 확인하면서 돌아오라고 떼쓰는 엘리스를 뒤로 하고 오피스텔을 나왔다.

Ⅱ

햇볕이 쨍쨍한 일요일 낮.

엘리스는 창가로 슬금슬금 걸어갔다.

그녀는 작은 유리 상자 안에 갇혀 있는 강아지들을 보며 얼굴을 굳혔다.

귀엽다….

하지만.

섣불리 발걸음이 떨어지지 않았다.

지금까지 단 한 번도 애완동물을 길러본 적이 없었다.

잘 키울 수 있을지 자신도 없었고 무엇보다 자신과는 왠지 어울릴 것 같은 느낌이 들지 않았었다.

"근데 얘들은 왜 이렇게 비실비실 힘이 없어 보여? 갇혀 있어서 그러나."

엘리스가 검지로 창문을 톡톡 두드렸다.

강아지가 엘리스를 보며 왈왈 짖어댔다.

다들 아직 새끼라 그런지 짖는 것도 귀여웠다.

엘리스는 미소를 지으며 강아지들을 바라보았다.

"들어와서 보세요. 밖에 날씨도 더운데."

가게 문이 열리고 30대로 보이는 주인이 미소를 지으며 말했다.

엘리스는 빨개진 얼굴로 고개를 팩 돌려 빠른 걸음으로 가게에서 벗어났다.

가게 주인은 그런 엘리스를 보고 어깨를 으쓱이며 짧게 웃음 지었다.

"애정결핍증? 웃기고 있네."

엘리스는 자신의 오피스텔로 가면서 입술을 잘근잘근 깨물었다.

정우에 대해 생각하자 대교에서 자신을 따라 한강물에 뛰어들었던 모습이 떠올랐다.

지금까지 그런 놈들이 없었던 건 아니다.

자신의 외모에 반해 고통을 즐기는 변태도 있었고 자신을 구한답시고 몸을 던진 녀석들도 있었다. 하지만 이정우는 자신에 대해 전혀 감정이 없이 행동했다.

친구가 되어주겠다고?

엘리스는 코웃음 쳤다.

카메라가 없었다면 분명 음탕한 속내를 보였을 것이다.

"아직도 아프네."

엘리스는 살짝 부어올라 있는 이마를 문질렀다.

때려도 적당히 때리지 어떻게 그렇게 세게 때려?

이마를 만지며 속으로 투덜거리던 엘리스는 걸음을 우뚝 멈추어 섰다.

- 언제든지. 힘들거나 지쳤을 때, 손 뻗어. 잡아 줄 테니까.

- 웃게 될 거야.

- 아마도.

- 마음이 여린 사람일수록 잔인해지기 쉬운 법이니까.

- 다시 시작하는 거야.

- 아직 늦지 않았으니까.

정우가 했던 말이 또렷하게 들려왔다.

엘리스는 고개를 들어 맑은 하늘을 보며 쓴웃음을 지었다.

"정말 다시 시작할 수 있으려나…."

엘리스는 고개를 저으며 다시 걸음을 옮겼다.

"나한테 그런 기적이 생길 리가 없지."

엘리스는 그늘 진 표정으로 어두운 미소를 지었다.

컴퓨터 모니터 창에 띄워놓은 직업 표를 보는 정우의 얼굴에 수심이 생겼다.

이제 5월이고 곧 6월이 온다.

시간이 조금은 무서울 정도로 빠르게 흐르고 있다는 걸 느꼈다.

날씨는 점점 무더워 진다.

이대로 방심하고 있다간 아차 하는 순간에 가을을 맞이하게 되고 하늘에서 내리는 눈을 보게 될 거다.

시간이 남았다고 해서 방심할 수가 없었다.

뚜렷한 객관적인 답이 없는 진로에 대한 고민은 정우의 목을 조금은 무겁게 눌러왔다.

고3.

지금의 이 선택이 미래를 좌우하게 될 것이다.

물론 편입이라던가 중간에 마음을 바꾸게 될 수도 있지만 그렇다고 해서 아무생각 없이 시간을 보낼 수는 없는 일이다.

하고 싶은 공부는 많다.

그 많은 것들 중 무엇을 선택해야 할까?

가슴 뛰는 일.

정신없이 몰두할 수 있을 만큼 흥미와 관심을 끌어당기는 일.

정우는 직업표를 훑어보다가 한숨과 함께 고개를 젖혔다.

좀처럼 길이 보이질 않았다.

정우는 컴퓨터를 끄고 가방을 챙겼다.

갈 거라고 계획은 예전부터 세워놓고서 그동안 학교 공부에 바빠 한 번도 가지 않았다.

정우는 일요일을 맞아 도서관에 가기로 했다.

학교 공부보다는 다른 정보에 대해 습득하고 싶었다.

집은 비어 있었다.

어머니는 목욕을 갔고 아버지는 어머니의 말씀대로라면 친구를 만나러 가신 듯 했다.

집을 나오자 따뜻한 햇볕이 몸을 비추었다.

버스 정류장으로 가면서 이어폰을 귀에 꽂았다.

이른 아침부터 휴대폰에 음악을 꽤 넣어 두었다.

재생을 누르자 귓속에 음악이 흘러 들어왔다.

지난 기억이 전혀 없었기 때문에 유명한 곡들 위주로 담았는데 하나같이 천재성이 무서울만큼 진하게 묻어져 있었다. 아니 단순히 천재라고 치부하기엔 모자랄만큼 표현하기조차 힘든 놀라움이라고 해야할까.

정우는 그 중에 케니지의 음악을 틀었다.

보컬도 좋지만 정우는 최근 들어 재즈와 악기 음악에 조금 빠져 있었다.

그러던 중에 만난 케니지의 색소폰은 정우에게 실로 충격적이었다. 언젠가 기회가 된다면 배우고 싶다는 생각이 강하게 들었다.

그 정도로 정우는 케니지의 색소폰에 강렬하게 이끌렸다.

케니지의 loving you를 들으면서 정우는 케니지에 대한 정보를 자동적으로 떠올렸다.

케니지.

그는 1987년 'SONGBIRD'를 발표했다.

그리고 그 'SONGBIRD'는 엄청난 히트를 기록했고 인지도는 폭발적으로 성장했다.

당시 연주곡으로 빌보드 차트에 오르는 것은 굉장히 드문 일이었고 마침내 4위까지 올랐다.

음악이 신비한 이유는 흔히 말하는 소울, 영혼이 있기 때문일 것이다.

같은 곡을 같은 소리, 같은 리듬, 같은 박자로 연주해도 묘하게 다른 느낌을 준다.

처음 음악이 자신에게 영혼을 들려주었던 그 때의 전율을 정우는 또렷하게 기억한다.

좋은 기억력 때문인지 멜로디조차 분명하게 기억되고 있다.

마이클잭슨의 스릴러.

화려한 콘서트장에서 한 눈에 시선을 빼앗겼었다.

사람들은 열광적으로 환호했고 하늘에는 불꽃이 솟아올

랐으며 한 연인은 세상에서 가장 행복한 얼굴로 서로 키스를 나누었다.

정우는 정류장 벤치에 앉으며 귀에서 이어폰을 뺐다.

고개가 갸웃거려졌다.

뭐지?

기억에 없다.

기억을 잃기 전, 과거의 기억인걸까?

버스가 도착했다.

정우는 복잡해지려는 머릿속을 털어내며 버스에 올랐다.

도서관 쪽으로 가는 버스는 한산했다.

자리에 앉아 창밖을 보면서 생각했다.

별로 기억하고 싶은 마음이 없다.

가끔씩 지난 과거가 궁금하긴 했지만 단순히 만화를 좋아했던, 그 이상도 그 이하도 아닌 과거는 그다지 흥미롭지 않았다.

정우는 음악을 들으며 머릿속을 비우고 창밖의 풍경을 조용히 감상했다.

제 5 화

사고

제 5 화
사고

I

약 20분 거리에 있는 도서관은 국립이라 그런지 규모가
상당히 컸다.

잘 꾸며놓은 공원에 들어섰다.

대학생들로 보이는 학생들 무리와 커플들 그리고 홀로
도서관을 찾은 사람들이 많이 보였다.

공원 중심부에 위치한 호숫가를 보자 속이 뻥 뚫릴 정도
로 시원한 기분이 들었다.

호수를 지나 도서관 본관 건물 앞에 선 정우는 조금 놀
랐다.

딱딱한 분위기일 거라고 생각했는데 의외로 예상과 달리 상당히 감각적인 디자인이 입구부터 시작되어 있었다.

도서관 건물 외관은 화려하면서도 조화로운 색감으로 심플한 분위기를 풍겼다.

투명한 유리문을 지나 데스크 앞으로 다가갔다.

단아한 얼굴의 데스크 여직원이 가볍게 인사를 해왔다.

정우도 인사를 하고 신분증을 보여 주었다.

간단한 안내를 받은 뒤 정우는 도서관 내부로 걸음을 옮겼다.

곳곳에 예술 작품들이 보였다.

조각도 있었고 그림도 있었으며 각종 전시물은 물론 책장 또한 밝고 화려하게 디자인 되어 있었다.

책 보다 각 디자인에 더 눈이 가는 도서관을 흥미롭게 돌아보면서 정우는 어떤 책을 볼지 고민하면서 창가에 햇빛이 눈부시게 비치는 긴 테이블 중 한 자리에 가방을 얹었다.

책을 고르러 가려던 정우는 반대편 자리에서 공부를 하고 있는 여학생을 보고 작게 미소 지었다.

연아가 읽고 있는 낡은 책에는 무지개처럼 색색의 펜으로 밑줄과 동그라미가 쳐져 있었다.

연아는 그 책 옆 노트에 깔끔한 글씨체로 필기를 하다가 미간을 찡그리며 턱을 괴었다.

수학 문제가 풀리지 않는 듯 고심하는 것 같았다.

정우는 주먹을 쥐고 연아 책 앞에 노크를 했다.

똑똑-

소리를 듣고 연아가 놀란 얼굴로 고개를 들었다.

연아는 눈을 커다랗게 뜨며 정우를 보고 입을 벌렸다.

정우는 연아가 보고 있던 수학 문제지와 샤프를 들고 손을 까닥여 나가자고 사인을 보냈다.

연아를 데리고 도서관 건물 밖으로 나와 가까운 호수 근처 벤치로 갔다.

"뭐 마실래?"

정우가 문제지를 겨드랑이에 끼고 자판기 앞에 서면서 물었다.

"아…. 저는, 전 콜라요."

동전을 넣고 콜라와 캔커피 하나씩을 뽑았다.

음료수를 들고 벤치에 앉았다.

연아도 정우 옆 벤치에 앉았다.

"자."

캔 콜라를 딴 뒤, 연아에게 주었다.

"감사합니다."

정우도 캔 커피를 마셨다.

벤치에 앉아 호수를 보면서 먹는 음료 맛은 일품이다

하늘은 맑았고 잔잔한 호수는 그림처럼 아름다웠으며 향기로운 풀내음이 맡아졌다.

집에만 있다가 밖으로 나와 풍경을 보니 그간의 스트레스도 해소 되는 것 같았다.

"놀랐지?"

정우가 연아를 보며 물었다.

"네."

연아가 웃으며 고개를 끄덕였다.

"자리 잡으려는데 네가 앉아있길래."

"아, 네. 도서관에 자주 오셨었어요? 그동안 한 번도 못 봤었는데. 저 일요일마다 여기 도서관에 오거든요."

정우가 캔 커피를 한 모금 마시고 고개를 끄덕였다.

"처음이야. 가야지 해놓고 이제야 왔네."

"아 그러시구나. 여기 좋죠?"

정우는 고개를 끄덕였다.

"생각했던 것 보다 훨씬. 도서관이라면 조금 딱딱한 분위기일 것 같았는데, 막상 와 보니까 무슨 미술 갤러리 같은데?"

연아가 입을 가리며 웃었다.

정우도 웃었다.

"저 그런데 문제지는 왜…."

"내가 공부는 좀 하거든."

정우가 미소를 지으며 문제지를 폈다.

"아까 문제 못 풀고 있던 거 같던데 어떤 거야?"

"…이거요."

연아가 검지로 문제 하나를 가리켰다.

$a + b + c = 2$ 이고, $a^2 + b^2 + c^2 = 12$일 때, c 의 최대값과 최소값을 구하라는 문제다.

"답은 문제지 뒤에 봐서 알겠는데, 풀이를 모르겠어서요."

연아가 문제를 보며 말했다.

"풀이만 알려주면 돼? 그게 낫겠지?"

연아가 미소를 지으며 고개를 끄덕였다.

"네."

정우는 문제지 빈 공간에 풀이를 이어 적었다.

$a+b = 2-c$ (1)

$a^2+b^2 = 12-c^2$ (2)

$(a+b)^2 - 2ab = 12-c^2$ (3)

(3)식에서 (1)대입

$(2-c)^2 - 2ab = 12-c^2$

$ab = c^2 - 2c-4$ (4)

$a+b = 2-c$, $ab = c^2-2c-4$ 로부터

a, b는 $t^2-(2-c)t+c^2-2c-4=0$ 의 2 실근

실근조건 : $D \geq 0$

$D : (2-c)^2 - 4(c^2 - 2c - 4) \geq 0$

$4 - 4c + c^2 - 4c^2 + 8c + 16 \geq 0$

$3c^2 - 4c - 20 \leq 0$

$(3c-10)(c+2) \leq 0$

$-2 \leq c \leq$ 3분의 10.

정우는 단 한 번의 멈춤도 없이 풀이를 적은 뒤, 연아에게 문제지를 넘겼다.

"와아. 감사합니다."

연아가 풀이 해석을 보며 신기한 듯 정우를 바라봤다.

소극적인 성격이지만 의외로 표현력이 좋다.

좋고 싫을 때의 표현력이 너무도 선명하고 분명해서 연아가 웃을 때면 옆에 있는 사람도 자연히 기분이 좋아진다.

정우 자신의 기분이 이렇듯 좋은 것처럼.

"저 선배님."

연아의 부름에 정우가 연아에게로 고개를 돌렸다.

"응. 말해."

"저는 매주 여기 도서관에 오거든요? 그러니까. 도서관에 오실 때 연락 주시겠어요?"

연아가 빨개진 얼굴로 말을 이었다.

"선배님은 워낙 공부를 잘하시니까. 물어볼 수 있어서 좋고. 아 물론 귀찮으실 수도 있겠지만 많이는 안 물을게요. 한 두 번씩 정도?"

정우가 웃으며 연아의 머리를 헝클어트렸다.

"100번 물어도 괜찮아."

"정말요?"

정우가 고개를 끄덕였다.

"정말."

"오예!"

연아가 주먹을 말아쥐며 귀엽게 기뻐했다.

"머리 삐쳤다. 잠깐만."

정우가 헝클어져 있는 연아의 머리를 정리해주었다.

"감사해요."

정우가 웃었다.

"내가 헝클어트린 건데 뭐가 감사해."

"그래도요."

"이제 됐다."

"저기 선배님."

정우가 고개를 끄덕였다.

"저번에 카메라에 대해서 물으셨잖아요."

"그랬지."

"내일 학교 올 때, 가져다 드릴까요?"

정우가 고개를 저었다.

"아니야. 필요하게 되면, 제일 먼저 얘기할게."

"네!"

연아가 살짝 기합을 넣으며 대답했다.

연아는 볼 때 마다 귀여운 여동생 같다.

그래서 더 챙겨주고 싶은데 그러고 보니 지금껏 딱히 연아에게 도움이 된 적이 없는 것 같았다.

정우는 캔커피를 마저 마시고 일어났다.

"가자. 공부하러."

"네."

연아가 수줍어하는 얼굴로 고개를 끄덕이며 같이 일어났다.

"공부하다가 모르는 거 있으면 언제든지 물어봐. 절대 전혀 귀찮지 않으니까."

"감사합니다."

연아가 밝은 얼굴로 배시시 웃었다.

◇◇◇

정우는 금융 서적과 경제학 몇 권 그리고 한 작곡가의 여행 책을 가지고 왔다.

정우는 앉은 자리에서 짧게 스트레칭을 하고 책 하나를

잡았다.

첫 번째로 보려는 장르는 여행서적이다.

여행 장소는 파리.

파리의 운치 있는 경치를 배경으로 촬영된 느낌 있는 책 표지였다.

정우는 앞머리를 쓸어 올리며 천천히 페이지를 넘겼다.

작가의 여행 후기는 페이지 곳곳마다 문장에서 위트가 넘쳐흘렀고 여행을 사랑하고 있음이 그의 다채로운 사진과 문장에서 진하게 느껴졌다.

정우는 작가의 책을 읽으면서 '인생을 제대로 즐기고 있구나' 라는 생각이 들었다.

여행.

아직 해보지 않은 것들이 너무 많다.

당일로 가는 것 보다는 최소 1박 정도는 생각하고 움직이고 싶었다.

수능을 끝내고 시간이 남을 때, 한 번 여행을 가는 게 좋겠다고 생각했다.

여행 책을 모두 읽고 다음 책으로 경제학 책을 잡았다.

작가는 꽤 유명한 철학가인 것 같았다.

프로필을 보니 방송 경력도 상당 했다.

인지도가 있어서인지 책 표지에는 베스트셀러 스티커가 붙어 있었다.

베스트셀러라 하니 기대감이 들었다.

정우는 설레임과 긴장감이 섞인 마음으로 책을 펼쳤다.

흥미로운 눈길로 책을 읽어나갔고 이후 시간이 어떻게 흐르는지도 잊고 책을 읽었다.

책에서 눈을 뗄 수 있었던 건, 책을 3분의 2 정도를 읽었을 때였다.

"선배님."

정우는 연아에 부름에 고개를 들었다.

얼마나 집중해서 읽었는지 목이 뻐근할 정도다.

"모르는 문제 있어?"

뒷목을 누르며 물었다.

"아니요 그게 아니라. 혹시 배 안 고프세요?"

창밖을 보자 어느새 노을이 지고 있었다.

"배고파?"

"조금…. 괜찮으시면 제가 사드릴게요. 같이 샌드위치 드시러 가실래요? 여기 앞에 맛있는 데 있거든요."

정우는 연아의 표정을 보고 그만 웃음을 짓고 말았다.

너무 긴장하고 있는 얼굴이라 만약 속이 좋지 않았어도, 도저히 거절 할 수가 없는 얼굴이었다.

"그럴까?"

연아가 들뜬 얼굴로 고개를 끄덕였다.

정우는 연아와 도서관을 나와 샌드위치 가게로 향했다.

"제가 도서관에 올 때 가끔 가는 곳인데 진짜 맛있어요. 사람도 많고 커피도 맛있어요."

"커피도 먹어?"

"네. 전 아메리카노 좋아해요. 처음엔 써서 엄청 별로라고 생각했는데 어떤 날 느끼한 거 먹고 블랙커피를 먹었거든요? 근데 너무 좋은 거에요. 그래서 그 때부터 좋아하게 됐어요."

연아가 고운 목소리로 새처럼 재잘 거렸다.

그러다.

"제가 좀 말이 많죠?"

연아가 얼굴을 살짝 찡그리며 정우의 눈치를 살폈다.

정우는 고개를 저었다.

"재밌고 좋은데? 날씨도 좋고."

"다행이다…."

정우는 미소를 지으며 연아와 함께 샌드위치 가게에 들어갔다.

미국 느낌이 강하게 나는 샌드위치 전문점이다.

작지도 크지 않는 크기 정도의 평수였다.

정우가 주문을 받는 계산 테이블로 걸어가면서 지갑을 꺼낼 때 연아가 그 모습을 보고 회들찍 늘라니 만 원싸리

한 장을 꺼내 알바생에게 달려가 내밀었다.

"이건 내가 살게. 다음에…."

"아니요. 제가 이번에 낼 테니까. 다음에 선배님이 사주세요."

상당히 진지한 얼굴이라 정우는 결국 수긍할 수밖에 없었다.

"알았어. 그럼 다음에 내가 맛있는 거 사줄게."

"네."

연아가 그때서야 겨우 안심한 표정으로 기뻐했다.

주문을 한 뒤, 진동벨을 받고 야외 테라스로 나와 자리를 잡았다.

자리를 잡을 때 쯤 하나 둘 사람들이 오더니 저녁시간이라 그런지 금방 자리가 찼다. 조금만 늦었다면, 자리를 잡지 못할 뻔 했다.

연아 말대로 인기가 좋은 샌드위치 가게 같았다.

잠시 후, 진동벨이 울렸고 정우가 주문한 걸 받으러 갈 때 전화벨이 울렸다.

휴대폰을 확인해보니 어머니였다.

"네 어머니."

정우는 전화를 받으면서 샌드위치와 음료가 놓여있는 받침대를 잡았다.

- 아빠가 쓰러지셨어.

어머니의 울먹이는 목소리가 들려왔다.

"지금 어디세요?"

– …집

"상태가 어떠신데요?"

– 모르겠어. 처음에는 오늘 일이 없어서 자고 있는 줄 알았는데. 아무리 깨워도 일어나지를 않아.

"숨은 쉬세요?"

– 숨은 쉬는 것 같은데 의식이 없어. 어떻게 해.

"우선 119 전화하시구요. 일단 제가 지금 바로 집으로 갈게요. 너무 걱정하지 마시구요. 괜찮을 거에요."

정우가 황급히 가게를 뛰어나가다가 연아를 보고 멈춰섰다.

"연아야. 집에 급한 일이 생겨서 먼저 가봐야 할 것 같다. 도서관 놔두고 온 책 좀 정리해줘."

연아가 놀란 얼굴로 고개를 끄덕였다.

"네. 그럴게요."

정우는 있는 힘껏 도로를 가로 질러 택시를 잡았다.

긴장감이 뱃속을 휘저어왔다.

"여보! 여보!"

집으로 돌아왔을 때, 아버지는 119대원들에 의해 옮겨지고 있었다.

어머니가 눈물을 흘리며 아버지를 따라 나섰고, 정우도 걱정스러운 마음으로 곧장 따라 나섰다.

◇◇◇

정우는 어머니를 병원 밖 벤치로 데려가 앉혔다.

어머니는 양 손에 얼굴을 파묻었다

"일단 마음 좀 추스르세요. 이러다 어머니도 병나시겠어요."

어머니가 손수건에 얼굴을 묻었다.

"어떡하면 좋니…. 대출도 어려울 텐데."

마른하늘에 날벼락이었다.

의사 말에 의하면 아버지는 심근경색으로 인한 실신이었다.

다행히 수술은 잘 끝났지만 수술비가 만만치 않았다.

의료 보험이 적용되지 않아 2천3백만원에 가까운 금액이 나왔다.

하루 먹고 하루 사는 형편에 2천3백만원이라는 수술비는 청천벽력같은 소식이었다.

더군다나 남아있는 병실이 1인실 밖에 없어서 하루 입원하는 입원비도 문제였다.

"그래도 아버지가 수술이 잘 됐으니까. 다행이에요. 다른 것도 전부 잘 해결 될 테니까 우선 마음 편하게 드세요."

어머니가 눈물을 닦으며 고개를 끄덕였다.

"여긴 내가 있을 테니까. 넌 그만 집에 들어가 있어."

"아니에요. 저도 있을 게요."

"여기 있어봤자 몸만 상하고 마음만 아프지. 아버지 깨어나시면 연락 할 테니까. 집에 있어. 엄마 말대로 해."

워낙 강경해서 반박할 수가 없었다.

"알았어요 그렇게 할 테니까 대신 내일은 어머니가 쉬세요. 교대해드릴게요. 혼자 병원 지키는 거 힘들어요."

어머니가 힘겨운 표정을 애써 감추며 미소 지었다.

"그래."

"병실까지 모셔다 드리고 갈게요."

어머니가 고개를 저었다.

"아니야. 밖에서 좀 쉬다 들어가려고. 먼저 가."

정우는 어머니의 양 어깨를 잡았다.

"다 잘 될 거에요. 너무 걱정하지 마세요."

어머니도 미소를 지으며 고개를 끄덕였다.

정우는 무거운 발을 병원으로부터 옮겼다.

Ⅱ

집에 도착한 정우는 침대 끝에 걸터앉아 눈을 문질렀다.

아마도 아버지는 건강검진을 받지 않으신 듯 했다.

조기에 문제를 발견했다면 조금 더 수월했을까.

그래도 다행히 수술 후 큰 문제는 없어서 다행이었지만 재발의 가능성이 있기 때문에 안심할 수 없는 상황이었다.

더불어 수술비가 만만치 않다.

정우는 휴대폰으로 김주호의 번호를 보면서 망설였다.

한두 번도 아니고 목숨 빚을 핑계로 다시 부탁을 하기가 마음에 걸렸다.

정우는 긴 생각 끝에 결국 주호에게 부탁하기로 했다.

자신의 양심이나 자존심보다 아버지의 건강이 훨씬 더 중요했다.

침대에 누워 눈을 감았지만 잠이 올 리가 없었다.

정우는 교실문과 창문을 둘러싼 인파를 의아하게 바라보았다.

"저, 정우야. 안녕?"

몇몇 여학생들이 얼굴을 빨갛게 물들이며 인사를 했고 남녀 할 것 없이 학생들이 정우를 보자마자 홍해 갈라지듯 길을 터주었다.

터준 길 사이를 지나 교실에 들어가려던 정우는 교실 내 광경을 보고 왜 구경꾼이 몰려들었는지 알 수 있었다.

"야 이 망할 기집애야. 비키라고. 여기 내 자리라고!"

김주호는 아직 몸이 완치되지 않았는지 엉거주춤한 자세로 엘리스 앞에서 소리를 바락바락 지르고 있었고 엘리스는 그런 김주호를 특유의 표독스러운 표정으로 비웃듯이 노려보고 있었다.

"눈 깔아라 이 기집애야."

김주호가 관자놀이에 우물 정(井) 혈관을 그리며 책상을 툭 찼다.

"이 오징어가 지금 감히 누구한테 까부는지 알고나 있으려나."

엘리스가 웃음을 터트렸다.

"뭐 오징어? 오징어! 이 호박같은 게 어디서!"

"호박?"

정우가 자리에 가방을 놓자 김주호와 엘리스가 동시에 정우를 쳐다봤다.

"야 이정우. 얘 이거 뭐냐? 왜 내 자리에 껌딱지처럼 붙어 있어?"

김주호가 얼굴을 일그러트리며 말했다.

"껌딱지?"

엘리스가 눈을 치켜떴다.

"그럼 껌딱지지. 아니다. 거머리라고 해야 되나? 피 빨
라고 붙어 있냐?"

"주호야. 잠깐 나랑 얘기 좀 하자."

김주호가 정우의 표정을 보고 얼굴을 굳혔다.

"너 무슨 일… 있냐?"

"일단 나가자."

정우가 김주호를 데리고 나갔다.

엘리스는 팔짱을 낀 체 미간을 찡그리며 교실을 나가는
둘을 지켜보았다.

"무슨 일이야?"

옥상에 들어서면서 김주호가 궁금해 하는 얼굴로 물어
왔다.

"집에 일이 좀 생겼어."

"그러니까 무슨 일?"

"어제 밤에 아버지가 쓰러지셨다. 수술은 잘 됐는데, 병
원비가 좀 필요해."

"인마 그럼 어제 그 일 있을 때 나한테 바로 연락을 했어
야지."

"수업 마치고 너희 집으로 같이 좀 가자."

"우리 집에? 왜?"

"회장님한테 부탁드리려고."

122

"네가 직접?"

정우가 고개를 끄덕였다.

"야야. 됐어. 뭐하러 그래. 그냥 내 전화 한 통이면 되는데. 기다려 봐."

전화를 걸려던 김주호가 정우에게 고개를 돌렸다.

"필요한 돈이 얼마야?"

"2천 3백 정도."

"기다려."

정우가 전화를 걸려는 김주호의 팔을 잡았다.

"직접 찾아뵙고 내가 얘기할게. 그게 맞는 것 같다."

김주호도 잠깐 생각하다가 동의하는 표정으로 고개를 끄덕였다.

"하긴 뭐 이래저래 돈 좀 주십쇼. 해서 쓱 하고 줄 노친네가 아니니까. 그럼 수업 마치고 나랑 같이 가자. 됐지?"

"고맙다."

"고맙긴 무슨. 아니 그보다 너 다음부터 무슨 일 생기면 바로 연락해. 알았냐?"

"그래."

정우가 웃으며 대답했다.

"아아. 배고프다. 너 아침은?"

"아니. 별로 생각이 없어."

"그래 그럼 내 아침은 네가 사라."

김주호가 정우의 어깨에 팔을 걸치며 말을 이었다.

"어휴, 이놈의 학교는 왜 하나같이 엘리베이터를 안 만드는 거야. 하여튼 대한민국 학교 짠돌이 근성 알아줘야 된다니까."

김주호는 정우의 부축을 받아 매점으로 가면서 쉴 새 없이 투덜거렸다.

"아 맞다. 야. 걔 뭐냐? 왜 내 자리에 앉아 있어?"

김주호가 식당 식탁 위에 컵라면과 김밥을 올려놓으며 엘리스에 대해 말했다.

"빈자리가 거기밖에 없어서 앉힌 거지."

"진짜 웃기네 담탱이. 내가 병원에 있어봐야 얼마나 있는다고 그 새 딴 년을 그 자리에 앉혀."

"그 자리가 독도냐. 그만 좀 해."

"아 씨 자리 생각 하니까 갑자기 또 밥맛 떨어지네."

"너도 보면 정상은 아니야."

"나도 알아."

김주호가 '칵칵!' 소리를 내며 웃었다.

"자리는 내가 담임선생님한테 얘기 해볼게. 먹고 있어."

김주호가 김밥을 씹어 먹으며 고개를 저었다.

"금방 먹어. 기다려. 너 혼자 가면 약빨 떨어져서 안 돼. 내 자리 뺏긴단 말이야. 너 엘리스 앉힌다고 해도 분명 그러던가 말던가 할 거 아니야."

정우가 얼굴에 묻은 김밥 밥풀을 떼내며 김주호를 노려 보았다.

"튈 수도 있지. 야 더럽냐?"

김주호가 김밥을 손으로 집어 내밀었다.

"먹을래?"

정우가 손에 쥐고 있던 밥풀을 김주호에게 집어 던졌다.

김주호가 팔을 들어 막으며 낄낄 웃었다.

제 6 화

계약

제 6 화
계약

I

"무슨 얘기하고 왔어?"

정우가 자리에 앉자마자 엘리스가 턱을 괴며 얼굴 가까이 밀착해왔다.

정우는 본능적으로 어깨를 슬쩍 뒤로 뺐다.

지금 엘리스의 눈빛은 그날 밤 정우 자신을 유혹하려 연기했던 눈빛과 같았다.

"왜 그래?"

정우가 언짢은 표정으로 말했다.

엘리스가 고개를 가웃거렸다.

"뭐가?"

"얼굴 좀 치우지?"

엘리스가 재밌다는 듯이 웃었다.

"그러니까 얘기해. 그럼 치워줄게."

"아버지가 응급수술을 받고 병원에 계셔. 우리 집은 돈이 필요하고, 난 김주호한테 부탁했다. 됐어?"

엘리스가 살짝 놀란 얼굴이 됐다가 장난처럼 뺨을 부풀리며 어깨를 으쓱였다.

드르륵!

교실문이 열리고 김주호와 박영열이 들어왔다.

박영열이 책상과 의자를 엘리스 뒤에 놓았다.

"고맙다."

김주호가 박영열의 어깨를 툭 토닥인 후 갈비뼈 때문에 신음을 흘리며 자리에 앉았다. 그리곤 엘리스의 뒤통수를 뚫어져라 노려보았다.

"정우야. 난 집에 잠깐 들렸다가 병원으로 바로 갈게."

박영열이 정우의 어깨를 잡으며 말했다.

"굳이 안 와도 괜찮아."

"어차피 집에 가면 잔소리 밖에 안 들어. 탈출 좀 하자."

박영열이 씩 웃어 보인 뒤 교실을 나갔다.

"어디서 이렇게 썩은 내가 나는 걸까."

엘리스가 김주호를 살짝 돌아봤다가 귀에 이어폰을 꼽

고 음악을 들었다.

김주호의 얼굴이 뒤틀렸다.

"썩은 내라고? 이게 진짜."

김주호가 일어서서 엘리스가 귀에 꼽고 있는 이어폰을 빼서 바닥에 집어 던졌다.

"미국 싸구려 포르노 배우 같이 생겨서 그런가? 말이 아주 구수하셔? 응?"

엘리스가 벌떡 일어나 몸을 돌리며 주먹을 날렸다.

정우가 한숨과 함께 눈을 감았다.

빡 소리가 나며 턱에 주먹을 직격으로 맞은 김주호가 바닥에 쓰러진 체 갈비뼈를 붙잡고 신음을 흘렸다.

"너 진짜 죽을래!"

김주호가 목에 핏대를 세우며 소리쳤다.

"그 말 취소해."

엘리스가 화난 얼굴로 내려다보며 말했다.

김주호는 코웃음을 치며 일어났다.

"취소하라고?"

김주호가 왼쪽 손바닥으로 주먹 쥔 오른쪽 손목을 탁 쳐 보였다.

"싫은데?"

엘리스가 발등으로 김주호의 다리 사이 낭심을 걷어찼다.

김주호의 얼굴이 하얗게 변했다.

"하악…."

바닥에 쓰러진 김주호의 눈이 흰자로 번졌다.

엘리스는 그런 김주호를 보며 주먹을 파르르 떨다가 아랫입술을 깨물며 교실을 나갔다.

"정, 정우야. 꼬리뼈 좀 때려줘. 하악…. 칵!"

정우는 사색이 된 얼굴로 이상한 신음소리와 함께 구원을 청하는 김주호를 외면했다.

"아 진짜 엘리스 그거 완전 또라이더라. 성깔이 아주 어마어마하셔. 그것도 여자냐? 아오 재수 없어."

김주호는 자신의 집에 도착할 때 까지 엘리스에 대한 욕을 끝도 없이 늘어놓았다.

"그만 좀 해라."

정우가 귀찮다는 듯이 말했다.

"너 왜 내편 안 드냐?"

정우가 한심하다는 듯 김주호를 쳐다보았다.

"그냥 창피해."

"뭐! 내가 창피해?!"

정우가 웃었다.

"웃지 마라 진짜. 나 화날라 그래."

김주호가 정우를 노려보며 출입구 앞으로 다가가자 CCTV에 불이 들어왔다.

　　김주호가 초인종을 눌렀고 문은 곧장 열렸다.

　　"들어가자."

　　정우는 김주호와 함께 저택 안으로 들어섰다.

　　"컹컹!"

　　도베르만 두 마리가 김주호를 보고 반갑다는 듯이 짖으며 달려왔다. 도베르만 두 마리는 정우를 살짝 경계하는 표정으로 겉돌았다.

　　"내 새끼들 멋있지 않냐?"

　　김주호가 도베르만을 쓰다듬으며 웃었다.

　　"우리 아버지가 아주 질색을 하시지. 얼마나 대견한지 이 자식들."

　　김주호가 도베르만 2마리를 품에 끌어안았다.

　　"내 새끼들. 엘리스 고년이나 확 물어줬으면 좋겠네."

　　"아들!"

　　김주호의 어머니인 신민주가 인상을 잔뜩 찌푸리며 다가왔다.

　　"더럽게 개 만지지 말랬잖아!"

　　김주호는 콧방귀를 꼈다.

　　"이 집안에서 더러운 걸로 치면…."

　　신민주가 김주호의 등짝을 때렸다.

"입 다물어."

"컹컹!"

주인을 때리자 도베르만 두 마리가 신민주를 에워싸며 공격적으로 짖었다.

"꺄악!"

신민주가 비명을 지르며 엉덩방아를 찧었다.

"스탑! 앉아."

김주호의 명령에 두 도베르만이 입맛을 다시며 얌전하게 바닥에 엉덩이를 붙였다.

"내가 못 살아 진짜. 묶어 놓으랬지!"

신민주가 눈물을 머금은 얼굴로 소리를 질렀다.

김주호가 귀찮은 표정으로 도베르만을 데려갔다.

신민주는 엉덩이를 털고 일어나 정우를 째려보았다.

"넌 여긴 왜 왔어?"

"왜 오긴 왜 와. 내가 내 친구 데려오는데."

김주호가 도베르만들을 묶고 돌아오면서 말했다.

"으이구."

신민주가 김주호의 옆구리를 꼬집었다.

"아파! 환자한테 진짜 이 씨."

"씨?"

"그리고 내 생명의 은인한테 이렇게 천대 할 거야?"

"네가 그러고 어울리고 놀지 않았으면 생명이 위태로울

134

일도 없었어!"

"나 회장님한테 엄마 꾸리꾸리한 거 확 일러 바쳐 버린 다."

"내가 무슨 꾸리꾸리…!"

김주호가 귓속말을 하자 신민주가 당황한 얼굴로 말을 더듬거렸다.

"얘, 얘가 못하는 말이 없어. 그리고 너 엄마한테 협박 이야?"

"계속 이런다 이거지?"

"너는 내가 쟤한테 뭘 어쨌다고. 어쩐 일로 왔는지 물어 보기 밖에 더 했어?"

"알았으니까 그만 하고 들어가. 여기서 날 샐 거야?"

신민주는 정우를 못마땅한 듯 살짝 쳐다보다가 김주호 의 눈치를 이기지 못하고 몸을 돌렸다.

"네가 이해해라. 우리 엄마가 원래 뒤끝이 좀 심해."

정우는 쓰게 웃었다.

"들어가자."

김주호가 정우의 등을 두드리고 앞장섰다.

정우는 조금 긴장한 얼굴로 김주호를 뒤따랐다.

"어서 오세요."

집에서 일하는 가정부가 인자한 얼굴로 웃으며 머리를 숙여왔다

정우도 예의 있게 고개를 숙였다.

"할아버지는요?"

김주호가 옆구리를 문지르며 말했다.

"회장님 통화 중이십니다. 조금 걸리실 것 같아요."

"정우 왔다고 말씀 드리셨어요?"

"네."

김주호는 고개를 끄덕였다.

"그럼 저희 거실 소파에서 기다리고 있을게요."

"마실 것 좀 갖다 드릴까요?"

"너 뭐 마실래?"

김주호가 물었다.

"물 한잔만 부탁드립니다."

정우가 가정부에게 정중하게 말했다.

"네. 도련님은?"

"전 콜라."

가정부가 부드럽게 웃어 보인 뒤 주방으로 향했다.

"앉자."

김주호가 정우를 데리고 소파에 앉았다.

가정부가 콜라와 물을 내어 왔다.

"감사합니다."

"이 분이 입이 닳도록 칭찬하신 이정우라는 친구 분이
세요?"

김주호가 뿌듯한 얼굴로 고개를 끄덕였다.

"완전 든든한 친구죠."

"보기 좋으세요."

"그래도 제가 더 잘생겼죠?"

"그럼요."

가정부는 김주호의 **뻔뻔한** 질문에 전혀 당황하지 않고, 응수해준 뒤 정우에게 이해해 달라는 눈짓을 보냈다.

정우도 미소로 대답했다.

가정부가 주방으로 돌아간 뒤, 김주호는 손목시계를 보며 중얼 거렸다.

"근데 왜 이렇게 안 나오신대."

김주호가 발을 달달 떨다가 눈치를 보며 물었다.

"정우야. 연아는 잘 있냐?"

"별 일은 없는 것 같더라."

"그래? 그 영감은 어디 아픈 데는 없고?"

정우는 웃으며 고개를 끄덕였다.

"그런 것 같아."

"다행이구만. 근데 왜 이렇게 어색하지. 집에 친구를 처음 데려와서 그런가."

"내가 처음이라고?"

정우가 이이라는 듯 긴주호를 보았디.

"그럴 수밖에. 친구들이 이런 집 보면 나랑 어울리기 불편해 할 게 뻔하니까. 뒤로 뭐라 씨부렁 거릴지도 모를 일이고."

"어차피 알 만한 사람들 다 아는 거 아니야?"

"근데 그게 말로 듣는 거랑 피부로 실감하는 거랑 또 다르거든."

"그럴 수도 있겠네."

"그렇지 뭐. 아 배고프다. 너 밥 먹고 갈 거지?"

정우는 고개를 저었다.

"말씀만 드리고 가 볼 거야."

"왜? 밥 먹고 가지."

"잘 넘어가지가 않는다."

"그럼 할아버지한테 말씀 드리고 나랑 같이 병원으로 가자. 나도 병문안 가야 되니까."

"안 그래도 돼."

"시끄러. 내 마음이야."

김주호가 콜라를 한 잔 들이킬 때, 현기그룹 회장이 거실로 나왔다.

정우가 일어섰고 김주호도 급히 콜라를 내려놓으면서 일어나다가 어금니를 씹었다.

"아이고 옆구리."

"너는 병원에나 누워 있을 것이지 뭐한다고 나돌아다녀?"

138 정우 5

"좀 지겨워서요."

"그렇게 하나같이 지루해서 이 세상 어찌 사누. 어이구."

"안녕하십니까."

정우가 인사를 했다.

회장이 짧게 고개를 끄덕이며 소파에 앉았다.

"그래. 편하게 앉어."

정우와 김주호가 자리에 앉았다.

"주호한테 얘기 들었다. 공부 잘 된다며?"

김주호가 끼어들었다.

"전교 1등이에요. 그리고 외국어 장난 아니고. 웬만한 명문대는 거저로…."

"할애비 말 끊는 건 어디서 배운 버릇이야?"

"죄송합니다."

김주호가 기가 확 꺾여서 어깨를 움츠렸다.

"짧게 보긴 했다만 내 네 성격을 알아. 발이 가볍지 않을 텐데 날 보자고 한 용건은?"

"회장님 약 드실 시간이세요."

회장이 가정부가 가져다 준 혈압약을 먹으며 정우를 응시했다.

"돈이 좀…. 필요합니다. 반드시 갚겠습니다. 부탁드립니다."

정우가 정중하게 본론을 꺼내고, 고개를 숙였다.

김주호는 눈알을 돌리며 회장과 정우를 번갈아 보았다.

회장이 약을 먹은 뒤, 고개를 끄덕였다.

"그래. 돈이구만…. 필요한 이유는?"

"아버지가 병원에 계십니다."

"어쩌다가?"

"집에서 쓰러지셨습니다. 정확한 경위는 모르고 병원에서 말하기를 병명은 관상동맥우회술이라고 했습니다."

"수술은 잘 됐고?"

"예. 다행히도."

"이정우라고 했지 이름이?"

"네."

"우리 주호랑 같은 나이고…."

잠시 생각에 잠겼던 회장이 날카로운 눈빛으로 정우를 보았다.

"아무리 손자 생명의 은인이라고 해도. 무작정 퍼줄 수만은 없는 일이라는 걸 이해해줬으면 하는데."

"충분히 이해합니다."

"할아버지. 아니 회, 회장님."

회장이 거절의 뜻을 전하자 김주호가 놀란 얼굴로 반쯤 엉덩이를 들었다.

"앉아."

회장이 말했다.

김주호는 마른침을 삼키며 자리에 앉았다.

"그래서 내 조건을 걸고 싶은데. 수긍한다면 내 돈을 기꺼이 내어줄 생각이야."

정우가 회장의 두 눈을 똑바로 직시했다.

"조건이라면 어떤 걸 말씀하시는지요."

회장이 희미하게 웃었다.

"주호 녀석이야 아직 어리니까 흘려들었지만. 자네를 향한 김 비서의 평가는 쉽게 흘려들을 수가 없더군."

정우는 조용히 회장의 본론을 기다렸다.

"병원비는 물론 유학비를 포함한 모든 학비. 그리고 생활에 필요한 경비까지 모두 지원하지. 단, 내 조건을 받아들인다면."

파격적인 제안이었다.

김주호는 눈을 휘둥그레 떴고 회장은 부드러운 미소를 머금으며 정우를 직시했다.

이렇게 후한 제안에는 가시가 있기 마련이다.

"말씀하시죠."

정우는 기대감을 버리고 물었다.

"별 건 아닐세. 대학을 마치고 유학을 갔다 오면 주호와 함께 회사 일을 맡아. 계약은 5년. 당연히 무료로 부려먹을 생각은 없어. 직급에 맞는 연봉을 줄 걸세. 하지만 그에 상응하는 능력을 보여줘야겠지. 기대를 걸겠다는 말일세."

김주호는 입을 쩍 벌렸다.

반면 정우는 어느 정도 예상은 했지만 비교적 조건이 가볍다고 생각했다.

"학과에 대한…."

회장이 손사레를 저으며 웃었다.

"자네의 꿈까지 관여할 수는 없는 일이지. 편하게 결정하도록 해. 그리고 눈에 드러나는 스펙보다 보이지 않는 스펙이 중요한 법이니까."

정우는 짧게 고개를 끄덕였다.

회장은 정우의 결정을 잠자코 기다렸다.

정우는 비교적 길지 않은 생각 끝에 결정을 내렸다.

어차피 물러설 수 없는 상황이다.

설령 어떤 악조건일지라도 각오하고 있었다.

"폐가 되는 일은 없을 겁니다."

정우의 대답에 회장이 호탕하게 웃었다.

"그래, 대답이 시원해서 좋구만."

회장이 전화를 연결했고 잠시 후 김 비서가 서류 한 장을 가지고 왔다.

"이 놈의 세상. 믿음 하나만으로 살기에는 좀 퍽퍽해서 말이야."

정우는 비서가 내미는 계약서를 받았다.

내용은 회장이 제안한 조건에서 벗어나는 것이 없었다.

정우는 거릴 것 없이 사인을 하고 손도장을 찍었다.

"김 비서한테 통장 계좌번호 넘기도록 해. 병원비부터 학비까지 우선적으로 필요한 것부터 처리 될 거야."

"감사드립니다."

"정말로 내게 감사함을 느낀다면 말이 아니라 네 능력으로 갚아. 기대하고 있으니까."

정우는 짧게 고개를 끄덕였다.

"그럼 식사들 맛있게 하고, 편히 쉬고 가거라. 난 나가 봐야 해서 이만 일어나지."

정우와 김주호도 일어섰다.

김 비서가 회장을 보좌하며 저택을 나섰다.

회장이 완전히 나간 걸 확인한 김주호가 참고 있던 숨을 토해냈다.

"후아…. 대박이네."

소파에 철벅 주저앉은 김주호가 헛웃음을 흘렸다.

"하여튼 우리 회장님 스케일이 다르다니까."

김주호가 고개를 설레설레 저었다.

"식사 준비 됐어요. 어서들 밥 먹어요."

가정부가 거실로 나와 말했다.

"밥 먹자."

김주호가 배를 문지르며 일어났다.

"맛있게 먹어라. 먼저 간다."

"야. 너 가면 나 혼자 먹어야 돼. 친구 이렇게 외롭게 둘 거냐? 빨리 들어와. 그리고 내가 깜빡했는데 아줌마 솜씨 장난 아니거든."

가정부가 인자한 미소를 보내왔다.

정우는 그녀의 시선에 마지못해 김주호와 주방에 들어 갔다.

김주호와 함께 식탁 앞에 앉았다.

식탁에는 상다리가 휘어지도록 음식이 화려하게 차려 있었다.

정우는 조금 놀란 눈으로 가정부를 쳐다보았다.

"맛있게 드세요."

가정부가 부드러운 미소와 함께 말을 이었다.

"회장님께서 도련님 친구 분 오신다고 특별히 신경 써 달라고 하셨어요."

정우는 식탁 위에 차려진 음식들을 보면서 쓴웃음이 나 왔다.

평범한 집안에서 메인으로 나오기도 힘들 법한 음식들 이 다양한 종류로 놓여 있었고 레스토랑을 방불케 할 정도 로 고급 요리가 나열되어 있었다.

"한 번 먹어볼까."

김주호가 물수건으로 손을 북북 닦은 뒤 먼저 수저를 들어 허겁지겁 먹기 시작했다.

가정부가 그런 김주호를 보며 난감한 얼굴로 웃었다.

화려한 식탁과는 어울리지 않는 식사를 아무렇지 않게 하는 김주호를 보며 정우는 생각했다.

사람의 상처라는 건, 무시할 수 없는 깊이가 있다라고.

김주호에게선 행동 하나하나에서 상처의 흔적이 묻어 나왔다.

"너 왜 안 먹냐?"

김주호가 양념게장을 게걸스럽게 먹으며 말했다.

"천천히 좀 먹어. 체하겠다."

"야 뭘 모르면 가만히 좀 있어. 원래 이런 건 이렇게 먹는 거야. 그래야 더 맛있다고."

정우도 식사를 시작했다.

신선한 재료로 요리된 음식은 맛있었다.

아버지가 병상에 누워 있음에도 혀는 거짓말을 하지 않았다.

어머니는 식사 하셨을까….

정우는 시계를 확인 했다.

식사를 마치는 대로 병원에 가서 어머니와 교대해야 겠다는 생각에 정우도 간단히 먹고 일어나야겠다고 생각했다.

주방을 간단하게 정리하고 나가려던 가정부가 정우와 주호의 모습을 보고 미소를 지으며 주방을 나갔다.

Ⅱ

회장은 일을 일사천리로 진행했다.

수술비는 정우가 김주호와 함께 병원에 도착하기도 전에 완납되었다.

데스크에서 안내원의 말로 입원비까지 모두 계산이 치러져 있었고 앞으로의 병원비는 모두 현기그룹 회장 쪽에서 결제하는 것으로 되어 있었다.

정우는 아버지 옆에서 졸고 있는 어머니를 데리고 나와 상황을 설명 드렸다.

"그 분께 어떻게 감사의 인사를 드려야 할 지…. 정말 좋은 분이시구나."

정우는 엷게 웃었다.

"부모가 돼서 아들한테 이런 무거운 짐이나 주고."

어머니가 흐르는 눈물을 닦았다.

"짐이라니요. 학비는 물론 생활에 필요한 모든 것들을 지원한다고 했으니까. 잘 된 일이죠."

"회장님이 우리 아들을 벌써부터 데려가려고 하시는 걸 보면. 우리 아들을 정말 좋게 봐주셨나봐."

"몇 년만 지나면 투자대비 엄청난 효과를 얻게 될 겁니다."

"자신감이 과하면 못 써."

어머니가 장난처럼 정우의 뺨을 꼬집었다.

"아버지는 좀 어떠세요?"

"괜찮아. 많이 좋아진 것 같아."

어머니가 한숨을 쉬며 말했다.

"병원에는 제가 있을 테니까 들어가서 좀 쉬세요."

어머니가 웃으며 고개를 저었다.

"우리 아들."

어머니가 눈물이 맺힌 얼굴로 정우의 얼굴을 쓰다듬었다.

"만화 보는 걸 좋아했던 꼬맹이 같은 아들이었는데. 언제 이렇게 컸을까."

"조그만 더 고생하세요. 얼른 커서 편하게 모실게요."

"말만 들어도 좋다."

정우는 어머니의 손을 꼭 잡으며 미소를 보냈다.

"안녕하세요 어머니."

"안녕하세요."

김주호와 박영열이 다가와 나란히 인사를 했다.

어머니가 의아한 얼굴로 정우와 친구들을 번갈아 봤다.

"제 친구들이에요. 아버지 병문안 온다고. 이쪽이 저희를 도와주신 회장님 손자 김주호구요, 이 친구는 같은 학교 박영열입니다."

어머니가 벌떡 일어나 김주호의 손을 덥석 잡았다.

"정말 고마워요. 이 은혜를 어떻게 갚아야 할 지."

김주호가 당황한 얼굴로 얼굴을 붉혔다.

"아, 아 그 아니에요. 어차피 저도 정우한테 신세진 게 많아서. 그리고 말씀 편하게 해주세요. 불편해서…."

"그럴게요. 아니 그럴게. 회장님한테 감사하다고. 정말 감사하다고 꼭 좀 전해줘."

"네."

김주호가 어색해하며 고개를 끄덕였다.

"반가워."

어머니가 박영열과 악수를 했다.

"어쩜 이리들 훤칠한지. 식사들은 했어요?"

"네 밥 먹고 왔습니다."

"저도요."

"그럼 저기 빵집 가서 빵이라도…."

"아유, 괜찮아요 어머니."

박영열이 손사래를 쳤다.

"집에 들어가서 좀 쉬세요. 어차피 저희들도 왔으니까 정우랑 같이 병실 지킬게요."

박영열의 말에 어머니가 흐뭇하게 미소 지었다.

"싹싹하기도 해라. 마음은 고마운데 일이 이렇게 돼서 식당에 휴일을 며칠 냈거든. 집에 있으면 속이 더 불편해. 신경 쓰지 말고 잠깐 있다가 그만들 가봐. 정우도 알았지?"

"저도 병원에 있을게요."

"됐으니까. 말 들어. 집에 가서 잘 자고 학교 가야지."

"알겠습니다."

어머니가 정우 친구들의 어깨를 토닥이며 미소를 지을 때 바닥에 그림자가 하나 더 생겨났다.

정우가 옆으로 고개를 돌릴 때 엘리스가 팔짱을 껴왔다.

"안녕하세요 어머니."

엘리스가 웃는 얼굴로 인사를 했다.

어머니가 놀란 눈으로 정우와 엘리스를 쳐다봤다.

"또라…. 아니 야. 너 뭐해?"

김주호가 엘리스를 보며 성질을 냈다.

정우가 엘리스를 떼어내려 할 때, 엘리스가 입을 열었다.

"정우 여자친구에요."

박영열이 사례가 걸려 기침을 했고 김주호는 뒷머리를 쥐어뜯었다.

"여, 여자친구?"

어머니가 손으로 반쯤 벌린 자신의 입을 막았다.

"어쩜 이렇게 인형같은 아가씨를…."

정우가 손가락 검지로 엘리스의 관자놀이를 눌렀다.

목이 꺾이면서도 엘리스는 팔을 놓지 않았다.

정우가 엘리스의 손목을 잡아 팔을 떼어냈다.

"어머니. 그런 거 아니…."

"저 오렌지주스 사주세요. 너무 목말라요."

엘리스가 정우의 해명을 끊었다.

어머니의 팔에 데롱데롱 매달려 애교를 부리고 있는 엘리스를 보면서 정우는 미간을 찡그렸고, 김주호와 박영열은 넋이 나간 얼굴로 엘리스를 쳐다보았다.

"저기 저 오징어같이 생긴 2명은 빼고 정우랑 저희만 가요. 네?"

어머니가 엘리스의 애교에 웃음을 터트렸다.

김주호는 정우의 어머니 때문에 터져 나오려는 욕을 안간힘을 다해 참고 있었고 박영열은 취한듯이 엘리스의 얼굴을 쳐다보고 있었다.

"너 잠깐 얘기 좀 해."

정우가 엘리스의 손목을 잡아끌고 자리를 벗어났다.

어머니는 멀어지는 정우와 엘리스를 보며 호호 웃었다.

"우리 정우가 정말 저렇게 예쁜 아가씨까지 여자친구로 데리고 있어?"

어머니의 물음에 박영열이 고개를 끄덕였다.

"정우 인기 쩔어요. 사물함에 선물이랑 팬레터로 터져나가려…."

김주호가 박영열의 뒤통수를 탁 쳤다.

김주호가 어머니를 보며 웃었다.

"인기가 많은 건 맞는데요. 쟤 여자친구 아니에요. 그냥 약간이 정신이 이상한, 스토커 같은? 네. 스토커에요 스토커."

"스토커?"

어머니는 영문 모를 얼굴로 정우와 엘리스가 사라진 방향을 바라보았다.

제 7 화

그늘

제 7 화
그늘

I

"여긴 왜 왔어. 그리고 여자친구는 또 무슨 소리고?"

엘리스는 어깨를 으쓱였다.

"여자친구 맞잖아. 친구. 여자. 여자친구."

정우는 한숨을 쉬면서 관자놀이를 눌렀다.

"여기 병원이야. 이런데 까지 와서 장난치면 재미있냐?"

엘리스가 고개를 갸웃거렸다.

"장난치는 거 아닌데. 나도 병문안 온 거야."

뱉을 말이 있어 뭐라 할 말두 떠오르지 않았다. 그렇다고 한 쪽에 달고 아버지의 병실에 들어가자니 무슨 사고를 칠지 몰라 속이 불편했다.

"만에 하나 실수하면…."

"그럴 일 없어."

"제발 조용히 좀 있다가 가라. 나도 오래 안 있을 거야."

"누가 뭐래."

"그리고 친구든 뭐든 여자친구라는 게 오해를 살 수 있잖아. 그런 식으로 장난치지 말고."

엘리스가 손으로 동그라미를 만들어 보이며 윙크했다.

눈에 웃음기가 가득하다.

정우는 엘리스를 보며 쓴웃음을 지었다.

"그래도 고맙다."

"뭐가?"

"병문안 와줘서."

"심심해서 온 거야."

"가자. 애들 기다리겠다."

"오징어 두 마리는 집에 보내."

"이름으로 불러. 오징어가 뭐야?"

"오징어가 오징어지."

엘리스와 있으면 시간이 열 배로 흘러 늙을 지경이다.

그 때, 대교 위에서 다른 방법은 없었던 건지. 후회가 밀려왔지만 지금에 와서 어쩔 수 없는 일이었다.

"야 또라이. 너 왜 자꾸 우리 주변에 얼쩡거리냐? 응?"

김주호가 조폭 같은 표정으로 엘리스에게 다가와 인상을 쓰며 말했다.

"입 냄새 나. 좀 떨어질래? 누렁니야."

"누렁니? 이걸 옥수수를 그냥 콱!"

엘리스가 김주호를 보며 눈살을 찌푸렸다.

"정우만 아니었으면 다리부터 확 잘라 버리는 건데."

김주호가 엘리스의 말에 코웃음을 쳤다.

"너 나 누군지 모르냐? 김주호야. 소문 못 들었어?"

"대기업 미친개라고 들어본 것 같긴 하네."

"아 이걸 진짜."

김주호가 주먹을 치켜들었다.

"눈 깔고 주먹 내려. 죽고 싶지 않으면."

엘리스가 냉랭한 미소를 지으며 말했다.

김주호는 헛웃음을 흘리며 고개를 가로저었다.

"오와. 뭔 놈의 기집애가 이렇게 겁이 없이 사냐."

"병원이다. 그만들 해."

정우의 말에 김주호와 엘리스가 서로 째려보며 입을 다물었다.

친구들을 데리고 아버지 병실 안으로 들어갔다.

병원 침대에 누워있는 아버지를 보자 가슴 한 쪽이 무거워지는 걸 느꼈다.

정우는 아버지 옆에 앉아 물수건으로 얼굴을 닦아 주었다.

"주무시고 계신 거지?"

김주호가 소곤거리는 목소리로 물었다.

정우는 고개를 끄덕였다.

엘리스는 병실 곳곳을 구경하며 다녔고 박영열과 김주호는 쭈뼛거리며 소파에 앉았다.

심심해하던 김주호는 박영열이 책장에서 만화책을 꺼내오자 반색하며 일어났다.

엘리스는 만화책을 읽는 김주호와 박영열을 보며 비웃음을 던졌다.

비웃음 소리를 들은 김주호가 얼굴을 찡그리며 입을 열려는 걸 박영열이 김주호의 입을 손으로 틀어막았다.

박영열이 정우의 아버지를 가리키자 김주호는 한숨을 푹푹 내쉬며 만화책 페이지를 넘겼다. 그리고 금세 낄낄거리며 웃었다.

엘리스가 의자 하나를 가져와 정우 옆에 앉았다.

"아빠랑 별로 안 닮았네."

엘리스의 말에 정우는 작게 웃었다.

"그런가."

"엄마를 닮았나?"

"글쎄. 딱히 둘 다 안 닮은 것 같은데."

정우가 물수건을 서랍 위에 놓으며 말했다.

엘리스가 정우의 어깨에 머리를 기댔다.

"너 또…."

"잠시만. 피곤해서 그래."

정우는 아버지를 향해 눈물이 반쯤 맺혀있는 엘리스의 얼굴을 보고 잠시만 그대로 있기로 했다.

엘리스는 어느 날을 회상하고 있는 것처럼 보였다.

문이 열리는 소리가 났다.

김주호가 만화책을 집어던지고 벌떡 일어섰다.

어머니인가 하고 고개를 뒤로 돌린 정우는 조금 놀란 표정을 지었다.

"안녕하세요."

연아가 주스세트 박스를 손에 든 체 작은 목소리로 인사를 해왔다.

엘리스도 고개를 들어 연아를 뒤돌아 봤다.

"어떻게 왔어?"

정우가 일어서면서 물었다.

"주호 선배님이 얘기해주셔서. 저기 이거."

정우는 연아가 준 주스를 받았다.

"고마워."

연아가 엘리스를 빤히 쳐다봤다.

"뭘 그렇게 보니?"

엘리스의 말에 연아가 당황하며 고개를 숙였다.

"죄송합니다."

"우리 반에 새로 온 전학생. 성격 안 좋으니까 인사할 필요도 어울릴 필요도 없어."

"김주호."

정우의 제지에 김주호가 손을 들었다.

"아! 미안. 아버님 계시는 거 깜박했다."

"누구?"

엘리스가 정우를 보며 물었다.

"우리학교 1학년. 신연아."

"예쁘네?"

엘리스가 미소를 띠우며 말했다.

"감사합니다."

연아가 꾸벅 고개를 숙였다.

"나 그만 갈래."

"조심히 들어가. 와줘서 고맙다."

엘리스가 정우의 목을 당겨 뺨에 키스 자국을 남겼다.

"안녕."

엘리스는 정우에게 인사한 뒤, 연아에게 미소를 흘리며 병실을 나갔다.

정우는 미간을 찡그리며 손바닥으로 뺨을 닦았다.

"와아 저 또라이 진짜. 야 정우야 병균 옮는다. 꼭 세수

해라."

정우가 연아를 보며 웃었다.

"놀랄 것 없어. 다 사람 놀려먹으려고 하는 장난이니까."

연아가 애써 웃으며 굳은 표정을 풀었다.

"사실 갑작스러워서 조금 당황했어요."

"영감님이랑 같이 왔어?"

김주호가 물었다.

"네. 밑에서 통화 좀 하고 올라오신대요."

"그래? 잘 됐네. 그렇지 않아도 할 말 있었는데."

김주호가 조금 긴장한 표정으로 말했다.

"체육관을 차리겠다고?"

"네 영감님."

"관장님이라고 불러 이놈아!"

노인이 김주호의 이마에 꿀밤을 때렸다.

김주호가 이마를 붙잡고 신음을 흘렸다.

"영감탱이 진짜."

"뭐 이놈아!"

"왜 때린데 또 때려요!"

"버릇 고치는데 이만한 게 없으니 그렇지. 있으면 좀 알려주라."

"알았어요 영감 아니 관장님. 어떻게 생각하세요."

"딴 데 알아봐. 난 관심 없으니."

김주호가 답답한 표정으로 뒷머리를 북북 긁었다.

"저기 관장님. 아니 왜 싫다는 겁니까? 시설 좋아 일 하시는데 불편함 없도록 최대한 지원 팍팍 해주겠다. 안 좋을 게 없잖아요?"

노인이 콧방귀를 꼈다.

"너 같은 꼬맹이를 뭘 믿고 내가 따라가."

김주호가 뱁새눈을 했다.

"연아 생각도 하셔야죠."

"뭐야?"

노인이 눈을 살벌하게 떴다.

"흥분하지 마시고 잘 들어보세요. 돈이 돈 번다고 작게 해서는 돈을 벌수가 없어요. 뭐든지 그래요. 제가 잘난 척하는 게 아니라 이쪽에서 투자를 하고 영감님 아니 관장님 능력으로 같이 해나가자는 겁니다. 그리고 영 제가 못 미더우시면 할아버지한테 전문 경영인 하나 붙여달라고 할게요."

노인이 씁쓸하게 웃었다.

"회원을 모의기는 커녕 내쫓기만 하는 영감탱이를 어디

162

다 쓰려고."

김주호가 인상을 찌푸리며 목을 북북 긁었다.

"아 왜 이렇게 부정적이야. 관장님. 내가 관장님한테 반한 게 언젠지 알아요?"

"남자 좋아해?"

"그런 소리가 아니잖아요. 저요 어디 가서 그렇게 쉽게 쓰러지고 그런 놈 아닙니다. 그 때 처음 링에서 관장님한테 망신당했을 때 생각했어요. 뭔가 다르다."

"오바하지마 이 자식아. 네가 약한 거야."

"진짜! 저 장난치는 거 아닙니다. 이래봬도 대대로 사업으로 부흥한 가문의 핏줄이에요."

벤치에서 하늘을 올려다보며 발가락을 만지던 노인이 김주호를 뱁새눈으로 쳐다봤다.

"그래서 얼마나 줄 건데."

"일단 첫 달은 없습니다."

"이거 순 도둑놈이구만."

"첫 달만 그렇다는 거예요. 둘째 달부터 보조 트레이너와 각 지출비를 제외한 순이익에서 삼분의 일을 드리죠."

노인의 튀어나와 있던 입이 쑥 들어갔다.

"그렇게나 많이?"

김주호가 눈웃음을 지었다.

"관장님이시니까요."

"회장님한테 확실히 일 한 번 해보라고 허락 받은 거야?"

"이제 받아야죠."

노인이 슬리퍼를 주워들어 김주호의 머리를 후려쳤다.

"아 왜 이래요!"

"이게 지금 장난하나. 아직 확정되지도 않은 걸 뭐하러 설레발을 쳐!"

"관장님이 허락을 해야 진행을 하죠. 아 더럽게 슬리퍼로 씨."

"씨?"

"죄송합니다. 그럼 제가 저희 할아버지한테 일 따오면 같이 하시는 거에요. 그렇게 알고 갑니다?"

"네 할아버지가 널 뭘 믿고 그리 큰돈을 들여? 어이구 어이구 화상 저거. 저런 헛소리나 듣고 있는 나도 참. 늙으면 죽어야지. 어이구."

노인이 고개를 설레설레 저으며 병원 건물 안으로 들어갔다.

"성질머리 진짜. 능력은 있는 것 같은데 다혈질이 문제란 말이지."

김주호는 생각에 잠긴 표정으로 담배를 입에 물었다.

"담배 피면 몸에 해로워요. 담배피면 몸에 해로워요."

80은 훌쩍 넘어 보이는 노인이 지나가며 말했다.

164

다리를 절면서 멀어지는 노인을 보며 김주호는 뒷목을 긁으며 담배를 도로 집어넣었다.

II

박영열은 개인적인 일로 먼저 돌아갔다.

김주호는 관장님과 밖에서 얘기 중이었고 병실에는 아직 잠에서 깨어나지 않은 아버지와 정우 그리고 연아가 남아 있었다.

"밥 먹었어?"

정우가 어색하게 서 있는 연아에게 물었다.

"…네."

"표정이 좀 안 좋네. 몸이 좀 안 좋은 거 아니야?"

"어제 좀 늦게 자서 졸려서 그런 것 같아요."

연아가 힘없이 웃어 보였다.

"관장님 오시면 얼른 들어 가봐야겠다. 몸 상하겠어."

"그럴게요."

연아는 오늘따라 많이 다운되어 보였다.

그녀는 조용히 소파에 앉았고 정우는 힘이 없어 보이는 연아를 보며 안쓰러운 시선을 보냈다.

"무슨 일 있는 거 아니야?"

연아가 고개를 들어 웃음을 지으며 고개를 저었다

"아니에요. 신경 안 쓰셔도 돼요."

정우는 미소를 지으며 고개를 끄덕였다.

"그럼 다행이고."

아버지를 살폈다.

이제 그만 일어나실 때도 됐는데 참 오래도 주무신다 싶었다.

◇◇◇

"얼굴에 왜 그렇게 그림자가 섰어."

집으로 가는 길.

할아버지의 말에 연아는 웃어 보였다.

"아니에요."

"아니기는. 정우랑 싸웠어?"

연아는 조용히 고개를 저었다.

할아버지는 더 이상 묻지 않았다.

집에 도착해 할아버지는 체육관으로 들어갔고 연아는 옥상으로 올라갔다.

옥상 난간 앞으로 다가가 긴 숨을 내뱉었다.

묻고 싶었지만 그럴 수가 없었다.

연아는 손바닥에 이마를 묻었다.

명치 부근이 송곳으로 찌르는 것처럼 아프다.

태어나 처음으로 느끼는 감정에 연아는 혼란스러움을 느꼈다.

조금만 방심하면 당장이라도 눈물이 터져 나올 것 같았다.

그 여자가 자신을 지나치며 웃었던 얼굴이 생생했다.

뺨에 키스를 하다니….

여자친구도 아니면서.

욱하고 올라왔던 감정을 애써 가라앉혔다.

연아는 눈을 질끈 감고 한숨을 쉬었다.

옷을 벗고 욕실에 들어가 샤워를 했다.

조금 찬 물에 몸을 씻고 나와 침대에 누웠다.

그 여자의 얼굴이 어른거렸다.

예뻤다.

인정하고 싶지 않을 정도로.

게다가 여고생이라고는 볼 수 없을 만큼 세련된 느낌과 아름다운 얼굴.

가슴이 훅 하고 쓰려왔다.

자꾸만 머릿속을 헤집고 들어오는 그 여자 때문에 오늘은 좀처럼 쉽게 잠들 수 없을 것 같았다.

문이 벌컥 열렸다.

집무를 보던 교장은 떫은 표정을 지으며 가쁜 숨을 몰아

쉬고 있는 교감을 뱁새눈으로 노려보았다.

"노크도 없이 뭡니까 대체?"

"죄, 죄송합니다."

교감이 손수건으로 이마에서 뻘뻘 흘리는 땀을 닦아 냈다.

"그래 무슨 일이에요?"

쉽사리 말을 꺼내지 못하는 교감을 보고 교장이 얼굴을 와락 찌푸렸다.

"저 실은 그게…."

"말씀을 하세요. 말씀을! 어리버리하게 말은 버벅거리고 난리야."

"민정태가 돌아왔습니다."

교장의 눈빛이 살짝 흔들렸다.

"개망나니 민정태?"

"예."

교장이 탄식을 흘렸다.

"벌써 그렇게 됐나. 뭐 아직까지 별일은 없겠지요?"

교감이 침을 꼴깍 삼켰다.

"저 그게…."

"벌써 사고를 친 겁니까?"

"야구부 분위기가 심상치 않습니다."

"그 개망나니 자식이 왔으니 당연히 그럴 수밖에. 근데 그 얘기 하러 오신 겁니까?"

"그래서 제가 생각한 게 하나 있는데. 이렇게 하는 건 어떨까요?"

"무슨 좋은 생각이라도."

교장이 별 기대 없는 얼굴로 넌지시 물었다.

"이참에 이정우와 민정태를. 한 번에 갈아 치우시는 게 어떠실는지."

교장의 눈이 살짝 이채가 서렸다.

"어떻게요?"

교감이 종종 걸음으로 뛰어가 귓속말을 전했다.

얘기를 전해들은 교장의 얼굴이 봄꽃이 피듯 활짝 펴졌다.

"오호라…."

교장이 책상을 탕 치며 감탄사를 내뱉었다.

"그리되면 민정태 뿐만 아니라 교장 선생님이 눈에 가시처럼 여기는 이정우까지 해치울 수 있지 않겠습니까?"

"그야말로 일거양득이로군."

"그렇지요."

"웬일로 교감 머리에서 그런 생각도 다 나오고. 뿌듯합니다."

교장이 교감의 뒤통수를 쓰다듬었다.

교감이 입을 귀에 걸며 아부성이 짙은 웃음을 내보였다.

"좋아, 그렇게만 된다면…."

교장이 깍지 낀 손으로 턱을 받치며 흘러내릴 듯한 눈웃음을 지었다. 하지만 이내 찜찜한 기분도 자리 잡았다.

이정우의 성적은 명실공히 명문고교 대령고교의 탑이다. 그런 놈을 이제 와서 쳐내려고 하니 괜히 아쉬운 마음도 들었다.

지금의 성적대로라면 명문대에 진학하는 것은 일도 아닐 터.

그에 반해 민정태는 전혀 문제가 없다.

좌완투수로 각 명문대에서 러브콜이 쏟아졌던 놈이지만 지금은 그저 맛탱이가 간 수시로 터지는 시한폭탄.

대령고교는 명실공히 초 명문이다.

미꾸라지들이 학교 이미지를 망치는 것 보다는 대를 위해 소를 희생하는 것이 낫다.

그리고 이정우!

교장은 이를 바득 갈았다.

쥐뿔도 없는 자식이 자신에게 모욕감을 줬던 지난 일들을 생각해보면 참을 수가 없다.

걸뱅이 자식 때문에 밤잠을 설친 게 하루 이틀이 아니다.

더군다나 교장이 이정우에게 꼼짝도 못하고 휘둘린다는

소문이 퍼져 위신이 바닥으로 떨어졌다.

이번 기회에 모두 갈아 버려야겠어.

하지만 쉽게는 힘들 것이다.

눈에 가시 같은 놈들인 만큼 날카로운 가시가 있다.

특히나 이정우가 그렇다.

"만에 하나 일이 잘 못 돼서 화살촉이 우리에게 돌아올 수도 있는 일인데…."

교장이 은근슬쩍 방패를 들었다.

"절대 그런 일은 없도록 하겠습니다."

"확실하게 처리하셔야 합니다."

"만분지일의 확률로 배후가 드러난다 해도 그 모든 책임은 제가 지겠습니다."

교장이 만족스럽게 웃었다.

"내 교감을 많이 아끼는 거 알지요?"

"그럼요. 알다마다요. 그래서 이렇게 충성을 받치는 것 아니겠습니까."

교감이 아부성 멘트와 함께 눈웃음을 쳤다.

"좋아요. 좋아. 그럼 적당한 때를 봐서 서서히 불을 지르도록 하세요. 철저히 감시하는 것도 잊지 마시구요."

"예 교장선생님."

교감이 사악한 눈빛으로 교장을 향해 웃어 보였다.

◆◆◆

대령고교는 5년 전부터 슈퍼스타를 줄기차게 배출해 냈다.

럭비, 축구, 야구, 농구 등 인기 스포츠 종목의 스타들이 혜성처럼 등장했고 몸값은 천정부지로 치솟았다.

그에 따라 대령고교는 학교 내 스포츠 시설에 투자를 아끼지 않았고 대령고는 확장공사를 통해 학교를 넓혀 시설을 추가했다.

하지만 아무리 화려한 호수라 할지라도 물을 흐리는 존재는 있기 마련.

그 중 야구부에 속해 있는 민정태는 악의 뿌리와도 같은 존재로 인식되어 있었다.

그런 민정태가 복귀한다.

정학을 받아 근신해있던 민정태가 내일 정학에서 풀려나 학교로 돌아온다는 사실에 비교적 평온했던 야구부는 폭풍전야의 분위기로 돌입해 있었다.

"너희 얘기 들었냐?"

짧은 스포츠 머리의 1학년 야구부 학생이 탈의실에서 오전훈련으로 모래가 묻은 옷을 벗으며 말했다.

"무슨 얘기?"

같이 옷을 갈아입던 아이들 중 하나가 주제를 받았다.

"내일 민정태 선배님 오는 거."

친구들의 얼굴에 먹구름이 몰려왔다.

"알지 왜 모르냐. 다들 실수하는 일 없게 조심하자."

"얘들아 근데 민정태 선배님이."

스포츠머리가 주먹을 들어보이며 말을 이었다.

"이걸로 갑이잖아. 인천 통합에 서울로 올라와서도 실력을 증명했고."

주변의 친구들이 무슨 얘기를 하려는 거냐는 듯 옷을 벗다말고 의아한 눈길을 보냈다.

스포츠 머리가 흥분한 얼굴로 말을 이었다.

"이정우 선배님이랑 붙으면 누가 이길까?"

아이들의 얼굴에 흥미가 잔뜩 올라왔다.

"오오 둘이 붙으면 대박이겠다. 영상으로 찍으면 영구 소장감인데."

"그러게. 피터지겠다."

"의외로 한 방 싸움일 수도 있어. 왜 옛날에 보면 김두한이랑 구마적도 한 방에 갈렸대잖냐. 거인들의 싸움은 의외로 간단할 수도 있는거지."

"하긴 소문난 잔치에 먹을 거 없다는 말도 있는데."

스포츠머리가 손을 들었다.

"아니 그러니까. 너희들은 누가 이길 거 같냐고."

친구들이 심각하게 고민하는 표정을 지었다.

이정우는 대령고교의 전설이 됐다.

하루아침에 급부상한 신인 스타나 다름없고 민정태는 실력과 악명을 증명했다.

"근데 소문에 민정태 선배님 요즘 예전과 달리 얌전해진 것 같다던데."

"예전에 어땠길래?"

"막말로 미친놈이었지. 좌완투수로 러브콜을 지겹게 받다가 슬럼프 빠져서 야구가 잘 안 되니까 막 살기 시작했는데. 나도 정확히는 몰라. 집안일도 좀 있는 것 같던데. 형이 교도소에 있다 그랬었나? 뭐 암튼 그 선배도 이제 곧 고3 아니냐. 슬슬 미래가 걱정되니까 몸 아끼는 거 아니야?"

"하긴 팔이나 다리 다치면 야구 인생 좆 나는데. 몸 사릴 수밖에."

"근데 둘이 붙으면 이정우 선배님이 이기려나?"

"그건 또 모르지. 이정우 선배님은 거품일 수도 있으니까. 민정태 선배님은 워낙 유명하니까 볼 것도 없고."

갖가지 의견이 나오는 가운데 스포츠머리가 고개를 갸웃거렸다.

"근데 있잖아. 천하의 민정태 선배도 김주호 선배를 완전히 잡지는 못했잖아."

"그야 김주호 배경이…."

174

"이정우 선배 집에 쥐뿔 없어. 근데 김주호 선배 완전히 휘어잡았잖아. 카리스마에, 리더쉽 작살난다 진짜. 민정태 선배도 이정우 선배한테는 발릴지도 모르겠다. 결과야 막상 까봐야 아는 거겠지만."

"그러고 보니까 뭔가 선과 악? 그런 싸움 같기도 하네."

"누가 악이냐?"

"그야 당연히 민정태…."

탈의실 문이 열렸다.

그리고.

한 남자가 나타났다.

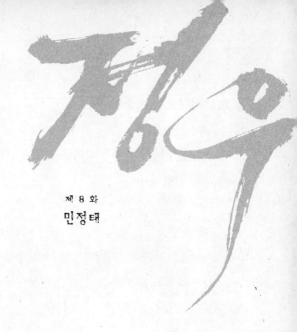

제 8 화
민정태

I

"누구냐 너?"

한 학생의 조금 날이 선 질문에 남자가 미소를 지었다.

아이들은 일순 불안감을 느꼈다.

그리고 그가 풍기는 분위기에 얼마 지나지 않아 상대가
누구인지 알아차릴 수 있었다.

아이들은 눈앞에서 맹수를 본 듯 얼어버렸다.

"전부 대가리 박아."

줄지어 서 있던 1학년 신입생들이 말이 떨어지기 무섭
게 바닥에 머리를 박고 뒷짐을 졌다.

민정태는 탈의실을 둘러보다가 벽에 세워져 있는 야구 배트 하나를 들며 중얼거렸다.

"개판이구만."

민정태가 머리를 박은 아이들 앞으로 철제 의자 하나를 끌고 와 앉았다.

"으으으."

"아아…."

5분이 흐르자 여기저기서 신음 소리가 흘러 나왔다.

각목을 들고 의자에 앉아 있던 민정태는 그런 신입생들을 보며 코웃음을 쳤다.

"힘드냐?"

"아닙니다!"

1학년 야구부원들이 일제히 커다랗게 소리쳤다.

탈의실 안이 커다랗게 울렸다.

민정태는 손가락으로 귀를 후벼 팠다.

"지금 네들이 왜 대가리를 박고 있는지 모르지?"

신입생들이 벌건 얼굴로 고통을 참으며 서로 눈치를 살폈다.

"죄송합니다!"

한 명의 복창에 모두 이어서 소리쳤다.

죄송합니다라는 목소리가 한 목소리로 이어져 탈의실을 울렸다.

민정태는 담배를 물고 불을 붙였다.

탈의실 안은 금세 담배 연기로 뿌옇게 찼다.

민정태는 담배를 피우면서 머리를 박고 있는 후배들을 조용히 지켜봤다.

참기 어려웠는지 키가 다소 작은 후배 하나가 무릎을 꿇었다.

"어랍쇼."

민정태가 웃으며 키 작은 후배를 쳐다봤다.

"전부 기상."

야구부원 전부 재빠르게 서서 차렷 자세를 잡았다.

"무릎 꿇은 후배님 앞으로 나와봐."

짧은 머리의 1학년이 민정태 앞으로 걸어 나왔다.

민정태는 후배의 머리를 보며 미소를 지었다.

"머리에 스크래치 넣었네."

민정태가 오른쪽 귀 위로 스크래치 두 줄이 길게 들어가 있는 걸 빤히 보면서 말했다.

"죄송합니다."

"폼은 그렇게 잡으면서. 인내심이 없는 거야 아니면 몸이 약한 거야?"

1학년이 침을 꼴깍 삼키며 안절부절 못했다.

"대답을 안 하네."

민정태가 각목으로 1학년이 어깨를 쿡 찔렀다.

뒤로 한 발자국 밀려난 1학년이 얼른 부동자세를 다시 취했다.

"…죄송합니다."

1학년이 가늘게 떨면서 말했다.

"너 투수지?"

"예."

1학년 몸의 떨림이 격해졌다.

"팔꿈치 멀쩡해?"

1학년이 금방이라도 울음을 터트릴 듯한 표정으로 변했다.

"너 자꾸 씹을래."

민정태가 다시 각목으로 어깨를 쿡 찔렀다.

"살려주세요."

민정태가 웃었다.

"누가 너 죽인대냐."

1학년은 땀으로 흠뻑 젖었다.

얼굴에 땀이 비오듯 했고 티셔츠는 땀 때문에 색깔이 진하게 변해 있었다.

"야 많이 더워보인다."

민정태가 담배를 1학년 몸에 던졌다.

불통이 튀면서 바닥에 떨어진 담배가 가느다란 연기를 피워 올렸다.

"괘, 괜찮습니다."

1학년이 극도의 긴장감으로 굳은 얼굴로 입술을 떨었다.

민정태가 한 발 앞으로 다가가 바닥에 떨어진 담배꽁초를 발로 밟으며 1학년 후배를 내려다보았다.

187cm의 큰 키.

서늘한 눈매.

온 몸에서 풍겨 나오는 공격적인 포스.

창백한 얼굴의 1학년은 곧 실신할 것 같은 표정이었다.

"이정우가 누구냐?"

1학년은 자신이 알고 있는 한도 내에서 최선을 다해 설명했다.

얘기를 전해들은 민정태의 얼굴이 심각하게 일그러졌다.

"그러니까. 네들이 나를 싸움닭 취급했다 이거네?"

분위기가 호전되기는 커녕 더 악화되자 1학년이 사시나무처럼 몸을 떨었다.

민정태가 언제 그랬냐는 듯 천진난만한 미소를 지었다.

"요즘 놈들은 패기가 이렇게 없냐. 당당하게 줘 터질 자세가 있어야지. 나 때는 그랬어 인마."

민정태가 웃으며 1학년의 뺨을 툭 쳤다.

"날씨 더운데 개떡 같은 선배들 맞추느라 고생이 많나.

앞으로 누구 얘기든 뒤에서 나오는 얘기. 학교에서 하지
마라. 너희 그러다 죽는다."

"예!"

1학년들이 탈의실이 찢어질 듯 커다랗게 대답했다.

"내일 보자."

민정태가 탈의실을 나간 뒤, 1학년들은 다리에 힘이 풀
려 모두 주저앉고 말았다.

점심시간.

정우는 식판을 들고 급식을 받고 식당 적당한 자리에 자
리를 잡아 앉았다.

정우는 학교 내에서의 인기를 달가워하지 않았다.

남들에겐 배부른 소리일지 몰라도 상당히 불편한 일이
다.

정우가 자리에 앉자마자 여학생들이 정우 근처로 다가
와 앉아 힐끔거렸다.

최근 엘리스 때문에 수근 거리는 말들도 많아졌다.

밥 먹기가 힘들 정도로 시선이 쏟아졌고 수근 거리는 소
리는 예민한 청각을 가지고 있는 정우의 귓속으로 들어왔
다.

정우는 최대한 신경을 끄면서 수저를 들었다.

음식을 받아온 김주호가 정우 옆에 앉았다.

박영열은 반대편에 앉았다.

정우가 식사를 하기 위해 젓가락으로 반찬을 집으려고 할 때, 식당이 쥐죽은 듯 조용해졌다.

정우는 반찬을 입에 넣으며 주변을 둘러보았다.

식당 안으로 민정태가 들어오고 있었다.

정우는 김주호의 얼굴이 딱딱하게 굳어가는 걸 보고 심상치 않은 분위기임을 직감했다.

정우는 불길한 예감이 들었다.

또 다시 귀찮은 일에 휘말릴 것만 같은.

그리고 그 예감은 적중했다.

민정태는 정우를 보며 식판을 들고 급식을 받았다.

급식 음식을 다 받고, 민정태는 박영열이 앉아있는 의자를 발로 툭 찼다.

민정태가 정우 눈치를 살피고 있는 박영열을 발로 밀어 찼다.

바닥에 추레하게 넘어진 박영열이 얼굴을 붉히며 일어났다.

"보냐?"

민정태가 박영열을 노려보며 말했다.

박영열은 급히 민정태의 시선을 피했다.

민정태가 식판을 두고 의자 하나를 당겨 자리에 앉았다.

"하이?"

민정태가 정우에게 미소를 보냈다.

미소 속에 감춰진 칼날을 봐선 그다지 좋은 용건으로 찾
아온 것 같진 않았다.

지겹다.

권력.

욕망.

태어날 때부터 악한 사람은 없다.

욕망 또는 환경이 인간을 어두운 곳으로 밀어넣을 뿐.

김주호와 엘리스를 보면서 그런 생각을 했다.

어떤 세계든 관계든 권력이라는 것이 존재한다.

권력은 평범한 서민의 집안에서도 존재한다.

그 권력은 돈이나 힘에서부터 시작된다.

세상은 능력이 있으면 대우를 받고 능력이 없으면 대우
를 받지 못한다.

그런 단순함에서 오는 인간의 욕망 발현이 사람을 공격
적으로 만들고 트러블을 만들며 폭발을 일으킨다.

민정태도 마찬가지다.

자신의 힘을 입증시키고 싶어하는 것.

만약 더 있다면 억눌린 감정의 응어리.

"꽤나 유명하던데. 네가 이정우지?"

민정태가 웃음기를 머금은 얼굴로 말했다.

마치 공작새가 화려함을 뽐내듯 자신만만한 태도.

과시용이다.

욕망을 맛본 자는 자신감이 있다.

그리고 그 자신감을 원천으로 두려움을 눌러 기세를 보인다.

이럴 때 보면 동물이나 인간이나 다를 바가 없다.

그러니 이런 식의 수컷을 상대하는 건 간단하다.

완전한 박살.

희망을 밟으면 인간은 무너진다.

인간의 감정이라는 건, 강하면서도 나약하다.

그쪽으로는 도가 텄다.

돌이킬 수 없는 불리함에 섰다면 끝까지 간다.

그렇기에 신념을 가지고 얼마나 튼튼하고 높고 강한 밀도를 가진 상대이든 부딪칠 수 있는 거다.

다만 요즘 들어 스스로의 약점이 행동의 제약을 가져왔다.

제3자는 완벽하게 지킬 수 없다는 것.

때문에 일단 움직인다면 상대를 완전하게 장악해야한다.

몸과 마음, 그리고 정신까지.

기억을 잃은 이후 본능적으로만 움직였던 때와는 달라졌다.

경험이 생겼고 책과 사회라는 지식을 통해 보다 효율적인 이성적 판단이라는 게 생겼다.

세계는 잔혹하다.

마음먹은 대로 움직여선 원하는 결과를 만들 수 없다.

날카로운 무기는 부드러움으로 가린다.

날선 발톱을 벨벳과도 같은 부드러운 재질로 감출 수 있다면.

두 배의 전력을 가진 셈이 된다.

인류는 전쟁의 역사를 거쳤다.

그 역사가 자신을 강화시켰다.

조금씩 알아가고 있다.

이 세상을.

아직 모자란 게 많겠지.

조급할 것 없이 천천히 배워나가면 된다.

"할 애기 있으면 밥 먹고 하자."

정우가 숟가락을 들었을 때 민정태가 식판을 엎었다.

정우의 식판과 팔에 음식들이 뒤엉켜 묻어났다.

"아 미안. 손이 미끄러졌네."

김주호가 화난 얼굴로 일어났다.

"감당 되냐?"

김주호가 민정태를 쏘아보며 말했다.

"나 같은 서민이 부잣집 도련님을 어떻게 이겨먹나. 근데 둘이 친구?"

민정태가 못 본 걸 봤다는 듯 입술 끝을 아래로 내렸다.

"가진 거라곤 그 왼 팔 하나 뿐일 텐데. 앞길 제대로 한 번 막아줘?"

"이제는 아주 대놓고 돈지랄을 하시는구만."

"한 마디만 더 지껄여봐. 모래바닥 근처에도 못 가게 만들어 줄 테니까."

민정태가 식탁 위에 널브러져 있는 계란말이를 집어 김주호의 얼굴에 집어 던졌다.

"네 맘대로 하세요."

식탁 위로 달려드려는 김주호의 팔을 정우가 붙잡았다.

"놔. 저 새끼 죽여 버린다."

"그 몸으로 뭘 하려고."

"저런 새끼는 팔다리 다 부러져도 씹어 먹어 내가."

민정태가 피식 웃으며 시금치를 주워 다시 던졌다.

"그럼 그렇게 말로만 하지 말고 들어와. 초딩 어깨 싸움하냐?"

민정태가 하얀 이를 내보이며 웃었다.

정우가 일어섰다.

식당 안에 공기가 순식간에 한층 더 두꺼워졌다.

민정태가 날카로운 눈빛으로 정우를 보며 느릿하게 일어났다.

"뜻은 알겠는데, 여기 말고 학교 밖에서 하자."

민정태가 눈살을 찌푸렸다.

"그럼 의미가 없지. 관객이 있어야…."

"동영상으로 찍어서 인터넷에 뿌려. 안 막을 테니까."

민정태가 잠깐 생각하다가 콧잔등을 찡그렸다.

"에이, 나중에 또 무슨 짓을 하려고."

"스파링으로 하자. 서로 동의에 의한 스파링. 링 위에서 해. 도망갈 공간도 피할 공간도 없으니까. 서로 감정 풀기 엔 좋을 것 같은데."

"난 스트리트 파이턴데."

"규칙 같은 건 필요 없어."

"죽여도 된다는 것처럼 얘기하네?"

"원한다면."

"재밌는 놈이네. 그동안 왜 안 보였지? 전학생도 아니고 우리학교에 쭉 있던 놈이라던데."

"너랑 별로 사적인 얘기하고 싶지 않다. 끝나고 보자."

민정태가 고개를 끄덕였다.

"쿨해서 좋네."

민정태가 물컵을 들고 정우의 얼굴에 물을 뿌렸다.

"성격은 쿨한데 몸은 좀 더워 보인다 야."

민정태가 비웃음을 던지며 식당을 나갔다.

정우는 얼굴에 묻은 물기를 닦고 음식이 엎어진 식판을

조용히 치웠다.

김주호는 멀어지는 민정태를 뜨겁게 노려보았다.

Ⅱ

교장이 주먹으로 소파 앞에 있는 탁자를 내리쳤다.

간단하게 걸려들 거라고 생각했는데 오산이었다.

불씨만 붙여놓으면 활활 타오를 줄 알았다.

학교에서 싸움을 벌인 즉시 잡아 들여 퇴학 처리를 하려 했건만.

…스파링이라니.

교장의 얼굴이 썩어 들어갔다.

교감은 면목 없는 얼굴로 식은땀을 흘렸다.

교장은 그런 교감을 쏘아보아가 다리를 꼬며 의자 뒤로 깊숙히 기댔다.

뭔가 좋은 방법이 없을까….

머리를 굴려봤지만 좀처럼 아이디어가 떠오르지 않았다.

그저 눈에 보이는 교감만 꼴보기 싫었다.

그러고보면 어차피 애초에 가능성이 없는 일이긴 했다.

민정태야 그렇다 치더라도, 이정우는 김주호를 어떻게 구워삶았는지 절친이 됐다.

김주호가 쉴드를 치는 한 이정우를 학교에서 내보내는 건 쉬운 일이 아니다.

오히려 역공을 받을 수가 있다.

상대가 김주호다.

괜히 까불다가 뒤통수 터질 일은 피하는 게 상책이다.

"괜히 쓸데없는데 신경 써서 스트레스나 받고 말이야."

교장이 들으라는 듯이 얘기했다.

교감은 안경을 올려 쓰며 손수건으로 연신 땀을 닦아냈다.

교감의 말에 순간 혹했던 자신이 바보처럼 느껴졌다.

"조용히 있는 애들 괜히 옆구리 찌를 생각하지 말고 학교를 키울 생각이나 좀 제대로 하세요!"

교장의 호통에 교감이 정수리가 보일 정도로 머리를 숙였다.

"민정태가 워낙 사고뭉치라. 저도 그만 마음만 앞섰던 것 같습니다."

"그래도 인간 말종인 만큼 큰일을 터트릴 수도 있으니까. 방심하지 말고 주시하세요. 기회가 오면 앞뒤 정확하게 계산해서 잘라버리게."

"알겠습니다."

"나가보세요."

"그럼 고생하십시오."

교감이 나간 뒤, 교장은 서랍을 열어 통장을 확인 했다.

이번에 확장 공사를 통해 남긴 횡령금이 꽤 쏠쏠하다.

혹시 모를 사태를 대비해 돈 세탁을 할 궁리를 하던 교장에게 전화 한 통이 걸려 왔다.

교장은 전화를 받았다.

내용을 전해들은 교장의 눈이 탐욕으로 번들 거렸다.

◇◇◇

수업을 모두 마치고 학교를 나가는 길.

엘리스가 소문을 듣고 은근슬쩍 따라붙었고 김주호는 의외로 그런 엘리스에게 뭐라 나무라지 않았다.

박영열에겐 혹시라도 뒤로 귀찮게 구경꾼들이 쫓아오는 걸 막으라고 해놨지만 엘리스는 말이 통하지 않는다는 걸 이미 알고 있어서였다.

"아무리 너라도 만만히 볼 놈이 아니야."

학교 건물을 나오면서 김주호가 정우에게 말했다.

김주호는 그간 볼 수 없었던 긴장된 표정을 짓고 있었다.

"뒤끝은?"

정우가 덤덤한 표정으로 물었다.

"그건 나도 잘 모르겠다. 주먹으로는 한 번도 진적이 없으니까. 난다 긴다 하는 놈들 전부 맥없이 쓰러졌어. 솔직히 식당에서 나도 배짱이었지. 막상 주먹 섞으면 택도 없어. 타고난 놈이야."

"야구부라고?"

김주호가 고개를 끄덕였다.

"중학교 때는 완전히 날라 다녔다. 근데 대령고로 오고 2학년으로 올라온 그 때부터 갑자기 슬럼프가 왔어."

"1년이 넘었다는 건데. 슬럼프가 그렇게 길게도 오나?"

"사람에 따라 다르지. 아무튼 그 때부터 엉망으로 던지기 시작했다더라."

"슬럼프 이유는."

"말 안 하던데?"

"친구였었구나."

김주호가 씁쓸하게 웃었다.

"친했지. 근데 갑자기 미친놈처럼 굴기 시작하는데. 그 때부터 좀 틀어지기 시작해서 지금은 그냥 꼴도 보기 싫다. 어쨌든 슬럼프 오고서부터 사고를 치기 시작했어. 닥치는 대로 부딪치고 다녔거든."

"학교 대응은?"

"슬럼프가 오긴 했어도 워낙 잘했었으니까. 잠재력을 본 건지 퇴학감이었던 걸 경고에 경고를 주고 정학까지 먹인 거야. 근데 아무리 재주라는 놈이 좋아도 눈에 가시가 됐으니까 여기까지. 학교도 결정을 내렸어. 슬럼프에 빠진 놈 버려도 미련 없겠지."

"마지막이란 얘긴가?"

"만약 이번에 사고 쳤으면 저새끼 퇴학 못 면했다. 학교 에서도 완전히 손 뗐어. 밖에서 보자는 걸 순순히 허락한 건 지딴에도 완전히 나가리 되는 건 은근히 걱정스러웠나 보지."

김주호의 얘기를 들으며 정우는 조용히 걸음을 옮겼다.

민정태는 학교 정문 앞에서 바닥에 엉덩이를 대고 앉아 태연히 아이스 바를 먹고 있었다.

김주호는 민정태를 보자마자 당장이라도 달려들듯이 거 친 표정을 지었다.

민정태가 아이스 바를 먹으며 손을 흔들었다.

그에게서 긴장감이라고는 전혀 찾아볼 수 없었다.

정우가 가까이오자 민정태가 무표정한 얼굴로 아이스 바를 내밀었다.

"먹을래?"

아이스 바에는 침이 덕지덕지 묻어있었다.

정우는 엷게 웃었다.

"됐다."

민정태를 지나쳐 걸었다.

앞장 서는 정우를 뒤따르며 민정태는 김주호와 엘리스를 번갈아 쳐다보았다.

"근데 뭘 이렇게 주렁주렁 달고 가냐. 꼭 오리새끼들 마냥."

민정태가 아이스 바를 깨물며 웃었다.

"웬만하면 긴장 좀 해라 민정태. 네가 태어나 처음으로 바닥이랑 키스를 하든가 뒤통수를 대던가 그 둘 중 하나가 될 상황이니까."

"천하의 대령고 도련님이 똘마니가 될 줄 누가 알았을까."

민정태가 허리를 구부리며 웃었다.

김주호가 화를 억누르며 비웃음을 던졌다.

"지금 실컷 웃어둬라."

정류장에 도착했다.

민정태는 벤치에 앉아 다 먹은 아이스 바를 아쉬운 듯 쪽쪽 빨았다.

"택시 타고 가자. 내가 낼게."

조용히 있던 엘리스가 정우 옆에 불쑥 앉으며 말했다.

"여자친구냐? 깔쌈한데."

민정태가 늘어지는 눈빛을 보내며 웃었다.

"눈깔 파내기 전에 그 주둥아리 닥쳐."

엘리스가 미소 지은 표정으로 말했다.

"나 없던 새에 학교가 아주 버라이어티해졌네."

민정태가 참을 수 없는 듯 웃음을 터트렸다.

"스파링을 하겠다고?"

노인이 살짝 당황한 표정으로 물었다.

"네."

노인은 사무실 바깥, 체육관을 돌아다니는 민정태를 보며 부루퉁한 표정을 했다.

"어째 선수 같지는 않은데."

노인의 시선이 민정태에게로 꽂혔다.

정우도 살짝 뒤를 돌아봤다.

민정태는 창틀에 앉아 전화를 하고 있었다.

정우는 민정태를 데려온 이유에 대해서 설명했다.

학교에서 있었던 일을 얘기하자 노인이 납득하는 표정으로 웃음을 흘렸다.

"싸우는 것보다야 링 위가 낫지."

"허락해주셔서 감사합니다."

"이 늙은이도 봐도 되는 건가?"

"그럼요."

정우는 노인과 함께 사무실을 나왔다.

민정태는 통화가 끝났는지 어느새 링 위에서 가볍게 스트레칭을 하고 있었다.

그는 정우를 보고 마치 강아지를 부르는 듯 혀 차는 소리를 내며 손가락을 까딱거렸다.

정우는 셔츠를 벗고 핑거 글러브를 꼈다.

그 모습을 민정태가 의아하게 쳐다봤다.

"뭐해?"

민정태가 눈을 뚱하게 뜨며 물었다.

"다친다."

"규칙 같은 거 없다며?"

정우는 링 안으로 들어가 간단히 몸을 풀었다.

"편한 대로 해. 나 역시 편한 대로 하는 거 뿐이니까."

"방어구도 차시지 왜."

민정태가 비아냥거렸다.

정우는 간단하게 무시했다.

민정태는 픽 웃으며 어깨를 으쓱였다.

"카메라 설치해."

정우가 말했다.

"어이 구경꾼들. 공짜로 이런 좋은 구경하는데 그 정도 노고는 해줘야지?"

민정태가 로프 뒤로 기대며 말했다.

엘리스가 김주호를 쳐다봤다.

김주호는 침을 쓰게 삼키며 휴대폰을 꺼내 동영상 촬영을 시작했다.

그 때 뒤늦게 박영열이 들어왔다.

"애들 감시하라니까 왜 들어왔어 넌?"

"아 애들 없어. 다 확인 했어. 그리고 나도 좀 봐야지. 야 이제 시작하나보다."

"조용히들 좀 해 이 오징어들아."

엘리스가 사탕을 빨아먹으면서 말했다.

김주호는 뭐라 하려다 입을 다물고 링으로 시선을 돌렸다.

정우와 민정태가 링 안에서 거리를 좁히고 섰다.

방심하지 마라 이정우.

김주호는 속으로 불안감을 느꼈다.

비록 학생들 사이이긴 해도 민정태의 주먹은 장난이 아니다.

난다 긴다 하는 놈들이 저 놈의 주먹에 속절없이 무너졌다.

천부적인 싸움꾼이다.

그리고 일단 붙기 시작하면 인정사정 없다.

방심한다면 이정우가 위기에 몰릴 수도 있다.

김주호는 동영상 안으로 보이는 둘의 모습을 보며 가슴을 졸였다.

김주호는 오른쪽으로 시선을 돌렸다.

엘리스는 어느새 의자에 앉아 마치 관람을 온 듯 여유로운 표정이었다

"너 이정우 좋아하는 거 아니었냐? 천하태평이네."

김주호가 피식 웃었다.

"말 걸지 마. 귀 더러워지니까."

말을 말자.

김주호는 콧방귀를 뀌며 다시 링으로 눈을 돌렸다.

정우가 서서히 팔을 들어 자세를 잡았다.

눈빛이 변했다.

공기도 급변했다.

장난기가 남아있던 민정태도 얼굴이 변했다.

민정태의 눈빛이 맹수처럼 들끓었다.

순식간에 집중력이 고도로 올라가고 있었다.

민정태가 움직였다.

허리를 비틀며 주먹을 일직선으로 날렸다.

굉장한 속도였다.

정우가 어깨를 내리며 허리를 틀었다.

주먹을 피해내고 뒤로 한 발자국 물러났다.

민정태도 다시 자세를 바로 잡으면서 입가에 미소를 지었다.

"호오…."

노인이 감탄사를 내뱉었다.

"제법이구만."

저 영감탱이는 이정우가 걱정도 안 되는 건가.

솔직히 저 노인네가 이렇게 쉽게 링을 내어 줄 거라고는 생각하지 못했다.

무규칙이다.

중간에 말리기도 전에 사고가 날 수도 있다.

팔꿈치.

급소 등등.

규칙이 없으니 큰 사고가 생길 수도 있다.

그런데 저 재밌다는 표정이라니.

하여튼 저 영감탱이도 보통 영감탱이는 아니라니까.

김주호도 다시 링에 집중했다.

정우는 민정태의 움직임에 집중하고 있었다.

몸을 좌우로 조금씩 움직이면서 반사적인 감각을 동물적으로 끌어올리고 있는 것처럼 보였다.

반면에 민정태는 프리 스타일이다.

야생에서 자란 표범같은 놈이다.

정우도 섣불리 공격하지 않는 건 민정태가 만만치 않은 놈이라는 걸 파악했기 때문인 걸까?

역시나 다음 공격 또한 민정태가 먼저 발동을 걸었다.

민정태가 정우 몸 안쪽으로 과감하게 깊게 파고들었다.

노인이 혀를 찼다.

그 순간.

민정태가 오른쪽 라이트 펀치를 스트레이트로 곧게 지를 때, 정우가 잽을 날렸다.

얼굴에 잽을 맞고 민정태의 몸 중심이 흔들렸다.

그리고.

묵직한 소리가 울렸다.

강렬한 타격음.

정우의 라이트 펀치가 민정태의 얼굴을 날려 버렸다.

민정태의 동공이 흔들렸다.

민정태의 등이 링 위로 떨어지는 소리가 선명하게 들려왔다.

잽에 이은 스트레이트.

정확히 두 방이었다.

민정태는 멍한 얼굴로 천장을 쳐다봤다.

마치 현실감을 완전히 잃어버린 것 같은 얼굴이었다.

정우는 코너 쪽으로 돌아가 등을 대고 쓰러져 있는 민정태를 내려다보았다.

정우가 민정태를 내려다보는 시선.

그것은 실로 압도적이었다.

김주호는 입을 벌렸다.

엘리스는 반한 것 같은 표정으로 정우를 바라보았다.

체육관의 주인.

노인장이 긴장하지 않은 이유.

이런 말도 안 되는 상황을 여유 있게 지켜본 이유.

클래스(Class).

이게 이정우의 클래스인가?

강하다는 건 알고 있었지만 이 정도일 거라곤 생각하지 못했다.

그런데 왜 추가 공격을 하지 않는 거지?

이정우의 성격은 누구보다 자신이 잘 알고 있다.

두려울 정도로 확실한 끝맺음을 좋아하는 녀석이다.

그렇다는 건….

민정태가 감정이 격양된 호흡을 흘리며 일어났다.

머리를 흔들며 정우를 노려보는 시선이 지금까지와는 차원이 다르다.

"실수한 거야."

민정태가 말했다.

정우는 말없이 링 중앙으로 들어가 다시 가드를 올렸다.

김주호는 확신했다.

이정우는 민정태를….

가지고 놀 셈이다.

자신도 모르게 입 밖으로 헛웃음이 나왔다.

"영감, 아니 관장님."

"왜 이놈아."

"정우 말입니다."

"왜?"

"어느 정도인 겁니까?"

노인은 잠깐 생각하는 표정을 짓다가 웃었다.

"몰라."

"예?"

"한계를 모르는 놈이란 소리다."

김주호는 노인에게서 시선을 떼고 침을 꿀꺽 삼키며 링을 다시 돌아봤다.

심장이 쿵쾅 거렸다.

김주호는 작게 미소 지었다.

자신의 눈은 틀리지 않았다.

이정우와 앞으로를 함께하기로 한 건.

자신의 인생에서 가장 완벽한 선택이 될 것이다.

민정태가 세 번째 공격을 시작했다.

정우는 몸을 좌우로 아주 조금씩 흔들고 있었는데 온몸. 그러니까 전신에 힘을 빼고 있는 것처럼 보였다.

민정태가 폭발적인 스피드로 주먹을 날렸다. 하지만 그 주먹은 아주 아슬아슬하게 정우를 스쳐 지나갔다.

펀치와 킥을 모두 완벽하게 피해내고 있는 이정우를 보면서 김주호는 속으로 혀를 내둘렀다.

팔을 조금씩 내리더니 이젠 완전히 가드를 풀었다.

공격할 생각이 없는 듯, 큰 폭이 없는 여유로운 움직임으로 민정태의 공격을 피해낸다.

완전히….

가지고 놀고 있어.

민정태의 몸에 힘이 들어가기 시작했다.

몸이 자신의 마음처럼 컨트롤이 안 되니 감정에 의해 멘탈이 흔들리고 팔과 다리는 무거워지는 게 보였다.

시간이 지날수록 민정태의 입에서 흘러나오는 호흡 양이 많아졌다.

"언제까지 쥐새끼처럼 피해만 다닐 생각이야?"

민정태가 화가 머리끝까지 차오른 눈빛으로 정우를 노려보았다.

노인이 '끅끅' 거리는 웃음소리를 냈다.

김주호는 노인을 돌아봤다.

노인은 정말 재밌다는 듯 웃음을 참고 있었다.

"왜 그러쇼 영감?"

노인이 김주호의 뒤통수를 콩 내리쳤다.

"봐봐라. 누구를 닮지 않았느냐?"

"아 머리는 왜 때리고. 근데 닮았다니 누구를요?"

김주호는 눈살을 찌푸리며 정우를 자세히 보았다.

안간힘을 다해 주먹을 휘두르는 민정태.

그리고 깃털처럼 가볍게 모든 펀치의 궤도를 흡수하는 정우의 움직임.

그것은 마치···.

김주호는 표정을 잃었다.

정우에게서 한 인물이 겹쳐져 보였다.

"무하마드 알리···."

소름이 끼쳤다.

"얼마 전에 정우가 체육관에서 뭘 좀 보고 있더라고. 뭘 그리 유심히 보나 해서 어깨너머로 봤는데. 글쎄 알리 경기 동영상을 보고 있는 게 아니겠어."

노인이 졌다는 듯 고개를 가로 저었다.

"저 재능을 우째해야 할꼬. 공부에 뜻이 있으니 이거 아쉬워서 차마 눈 뜨고 못 볼 지경이구만."

정우가 공격을 시작했다.

주먹이 날아드는 순간, 가드를 올린 민정태의 팔 사이로 정우의 주먹이 유도탄처럼 꽂혀 들어갔다.

가드가 서서히 풀어지며 민정태가 정신을 못 차리고 흔들렸다.

체력이 떨어진데다 정우의 무게가 실린 펀치가 들어갈 때 마다 민정태의 얼굴은 일그러졌다.

보는 이도 두려울 정도로 정확하고 완벽한 펀칭.

어퍼컷이 뇌를 흔들었다.

민정태의 다리에 힘이 풀렸다.

주저앉으려는 민정태의 턱에 주먹을 내리 꽂았다.

턱이 돌아가면서 민정태가 바닥을 뒹굴었다.

정우는 등을 휙 돌려 링 로프를 잡으면서 짧게 숨을 골랐다.

김주호는 온 몸에 힘이 쭉 빠지는 걸 느꼈다.

이정우의 실력을 의심한 자신이 한심하게 느껴졌다.

김주호는 하나의 전설을 눈앞에서 보고 있는 듯한 기분이었다.

정우의 펀칭은 아름다웠고 실로 경이로웠다.

링 바닥에 누운 민정태는 일어날 생각을 하지 못했다.

신음과 함께 바닥을 힘없이 뒹굴었다.

일곱 번의 다운.

정우의 얼굴에는 생채기 하나 없었고 민정태의 얼굴은 그야말로 엉망진창이었다.

민정태는 바닥에 누워 천장을 보면서 헛웃음을 흘렸다.

단 한 번의 유효 공격도 성공하지 못했다.

마치 넘을 수 없는 콘크리트 벽 앞에 선 기분이었다.

분노와 억울함을 넘어 체념까지 왔다.

너무 얻어맞아서 머릿속은 멍했고 이명이 울렸으며 더 이상 움직일 힘도 없는 상태였다.

첫 패배였지만 별로 더러운 기분은 들지 않았다.

아쉬움이나 미련이라고는 찾아볼 수 없을 만큼 완벽하게 농락당했기 때문이다.

민정태는 비린내가 나는 핏물을 옆으로 툭 뱉으며 흘깃 옆으로 시선을 던졌다.

정우는 피가 번진 글러브를 벗고 있었다.

자신과 달리 땀 한 방울 흘리지 않는다.

뭐 저런 괴물같은 게 다 있어.

민정태가 한숨을 내쉴 때 김주호가 다가왔다.

"어떡하냐. 천하의 민정태. 개폼 잡다가 눈탱이가 밤탱이가 됐네."

김주호가 사진을 찰칵 찰칵 찍으며 넘어갈 듯 웃어 댔다.

"죽고 싶나?"

"곧 죽어도 입은 살았네. 얼굴은 붕어같이 부어가지고."

노인이 김주호의 머리를 쥐어박았다.

"저리 비켜 이놈아."

김주호가 구시렁거리며 물러났다.

노인은 링 안으로 들어가 민정태의 얼굴을 살폈다.

"이거 보여?"

노인이 손가락을 흔들었다.

"뭡니까?"

"보이냐고 이놈아."

208

"세 개요."

민정태가 눈을 감으며 귀찮다는 듯이 대답했다.

노인이 손가락으로 민정태의 눈꺼풀을 집어 벌렸다.

라이트로 눈을 비추어 확인 한 뒤, 노인은 고개를 끄덕였다.

"멀쩡한 거 보니 정우가 봐줬구만."

속에서 뜨거운 게 훅 하고 올라왔지만 추잡하게 노인을 상대로 언쟁을 벌이고 싶진 않았다.

그리고 무엇보다 알고 있다.

저 괴물같은 놈이 전력을 쓰지 않았다는 것 정도는.

"있다가 움직일만하면 청소 해. 그럼 소독은 해줄 테니까."

노인은 민정태의 가슴에 수건과 얼음팩을 던진 뒤, 링을 나갔다.

청소같은 소리 하고 있네.

누가 그딴 걸 할 것 같아.

"야 혹시나 해서 하는 말인데. 저 영감 말 안 들었다가는 진짜 골로 간다. 이정우가 괴물이면 저 영감은 악마야."

민정태가 부은 눈으로 김주호를 흘겨봤다.

"넌 어째 못 보던 새 좀 변한 것 같다."

"너한테 그딴 소리 듣고 싶지 않다."

"쌩 양아치 끼가 좀 빠진 거 이정우 때문인가?"

김주호가 티셔츠를 벗고 있는 정우를 보면서 웃었다.

"저 인간이랑 있으면 그렇게 돼."

김주호가 표정을 굳혔다.

"근데 잠깐만. 뭐? 쌩양아치끼? 그렇게 따지면 넌 아니냐? 넌 쌩양아치를 넘어선 그냥 개 또라이야."

"아직도 삐져 있냐."

"닥쳐라 그냥."

민정태가 기침을 하며 웃었다.

"맞아. 개또라이지."

민정태가 천장을 보며 쓴웃음을 지었다.

"시원하지 않냐?"

민정태가 김주호를 쳐다봤다.

김주호는 민정태의 표정을 보며 속마음을 들여다본 듯 가늘게 웃었다.

"저 인간한테 얻어터지면 이상하게 속이 시원하거든."

"미친놈."

"아니야?"

천장을 조용히 응시하던 민정태가 김주호를 보며 얼굴을 찡그렸다.

"뭐냐? 저 새끼."

"나라고 아냐. 어쨌든 청소는 꼭 해라. 살아서 돌아가고 싶으면."

히죽 웃으며 입에 담배를 물고 돌아선 김주호에게 지나가던 노인이 빗자루를 집어 던졌다.

"어디서 신성한 체육관에서 담배를 쳐 꼬나물고. 이것이 진정 죽을라고 환장을 했나."

"알았어요 알았어. 나가서 피면 돼잖아요!"

"나가서 피면 돼잖아요?"

"영감 아니 과, 관장님."

노인이 팔을 걷어 붙였다.

달려드는 노인을 보고 김주호가 사색이 돼서 줄행랑을 쳤다.

민정태는 그런 그들을 보고 어이가 없다는 듯 웃었다.

묘한 기분이 들었다.

김주호도 그렇고 자신도 그렇고 시간이 지나면 지날수록 점점 더 스스로 모든 것을 끝장내고 있는 것 같다고 느꼈었는데.

하지만 변했다.

김주호가 어느새.

그리고 어째서인지 자신조차 지금 이 순간 지난 과거가 별 것 아닌 것처럼 느껴졌다.

김주호의 말대로 이정우의 주먹에 뭔가가 있는 건가?

민정태는 눈을 감고 얼음팩을 눈 가에 가져다 댔다.

김주호의 비명소리가 희미하게 들려왔다.

민정태는 작게 웃었다.

문뜩 야구가 떠올랐다.

민정태는 입매를 비틀었다.

의미가 없다는 걸.

그렇게 잘 알면서도 던지고 싶다는 생각이 든다.

억울함과 혐오감이 겹쳐진 체, 그 감정은 파도처럼 온
몸을 덮쳐왔다.

제 9 화

승부

I

밀걸레로 링을 다 닦았다.

민정태는 이마에 흐르는 땀을 훔치며 바닥에 철퍽 주저 앉았다.

체력이 바닥난 상태에서 청소를 하는 건 고역이었다.

사무실에서 나온 노인이 청소를 마친 민정태를 보며 미소 지었다.

"받아."

노인이 링 안에 있는 민정태에게 얼음물을 던졌다.

"감사합니다."

민정태는 짧게 목례하고 얼음물을 마셨다.

얼음물이 시원하게 목을 넘겼다.

입가로 흐른 물이 찢어진 상처를 자극하자 찌릿한 통증이 밀려왔다.

민정태는 눈살을 찡그리며 마시던 얼음물을 내려놓았다.

"속에 쌓인 게 많은 것 같은데. 우리 체육관에 한 번 다녀보는 게 어때?"

민정태가 노인을 응시했다.

노인이 히쭉 웃었다.

"참 신기한 일이지. 몸을 쓰는 건 똑같은데. 싸움과 격투기는 엄연히 다르거든. 싸움은 싸우면 싸울수록 가슴 속 상처에 염증이 생겨나는데 반해 격투기라는 건 상처를 치유하는 마법 같은 힘이 있지. 물론 본인의 숭고한 의지가 있어야만 가능한 일이겠지만."

"개 쓰레기도 받아줍니까?"

민정태가 시선을 떨어트리며 물었다.

노인이 피식 웃었다.

"네가 그렇게 험하게 불리기엔 아직 너무 어리지. 뭣보다 코흘리개 주제에 세상 다 산 것처럼 폼 잡지 마."

민정태가 고개를 숙이며 쓰게 웃었다.

"청소는 그쯤하면 됐다. 그만 가봐."

노인은 옥상으로 올라갔다.

민정태는 체육관 내부를 훑어보았다.

오래되고 낡은 체육관.

무엇하나 볼품없는 체육관이다. 하지만 결코 함부로 무시할 수 없는, 그런 위압감을 준다.

철컥 소리가 났다.

정우가 탈의실 문을 열고 나왔다.

민정태는 밀걸레를 들고 링 밖으로 나와 정우 앞에 섰다.

부끄러움이 앞섰다.

이정우는 조용히 강하다.

그것이 못 견디게 창피하고 자존심이 상했다.

하지만 강하다고 해서 물러설 생각은 없다.

"이정우."

정우는 무표정한 얼굴로 민정태를 보았다.

"내일, 한 번 더 붙자. 그리고 모래도. 그리고 사흘 뒤에도."

"난 그렇게 한가하지가 않아."

민정태는 어금니를 깨물며 자신을 지나치는 이정우의 팔을 잡았다.

"이건 부탁이다."

정우가 한숨을 쉬었다.

"도대체 이유가 뭐냐?"

정우가 물었다.

"널 때려 눕혀야만 내 직성이 풀릴 것 같거든."

"그런 거 말고. 슬럼프라며? 나라면 지금 이런 쓸 때 없는데 감정과 몸을 소모시키는 것보단 한 개의 공이라도 더 던지는 게 의미가 있다고 생각하는데."

민정태가 눈빛을 굳혔다.

"그렇게 안 보였는데, 꽤 오지랖이 넓으시네."

"반대로 넌 내게 그런 과분한 부탁을 할 자격이 없어."

"싫다면 강제로라도 그 기회를 가지는 수밖에."

민정태가 손에 들고 있던 밀대를 바닥에 던졌다.

김주호가 체육관으로 돌아와 정우와 민정태의 대치 상황을 보고 얼굴을 찡그렸다.

"야 민정태!"

김주호가 소리쳤다.

정우가 엷게 웃었다.

"그럼 이렇게 하자. 네가 열 개의 공을 던져서 내가 두 번 친다면. 두 번 다시는 날 귀찮게 하지 마. 하지만 만약 네가 이긴다면 네가 원할 때 마다 언제든 눕혀줄게."

민정태가 쿡 웃음을 터트렸다.

"기본적으로 사람을 물로 보는구나 넌."

"한다 안 한다. 가부만 결정해."

민정태가 고개를 끄덕였다.

"내일 수업 마치고 야구부로 찾아와."

정우는 대답을 듣자마자 체육관을 나갔다.

민정태는 입가에 웃음을 걸며 바닥에 버렸던 밀거래를 주워들었다.

야구로 내기를 하자고?

밀걸레 대를 잡은 민정태의 손에 힘이 들어갔다.

민정태는 정우가 나간 방향을 돌아봤다.

사람을 우습게 봐도 정도라는 게 있다.

한 번도 아니고 두 번을 치겠다고?

날 상대로?

뭐든지 자신만만이시네.

"야구까지 깨지면 어쩌려고 자꾸 까불어."

김주호의 말에 민정태가 코웃음을 쳤다.

"가능하다고 생각해? 일반인은 눈으로 쫓지도 못해."

"근데 너 요즘 슬럼프잖아. 스트라이크 존에 들어가긴 하냐? 네 특기인 데드볼은 둘째 치고 규칙에 있어 볼도 안 타로 치면 오히려 가망이 없는 건 네 쪽이야. 물론 네가 그런 규칙을 허락할린 없지만. 파렴치하기론 둘째라면 서럽잖아 너."

민정태가 웃었다.

"슬럼프? 그딴 거 없어."

"허세 부리지마."

김주호는 민정태의 눈빛을 보고 미간을 찡그렸다.

"너 설마…"

"인생에서 단 한 번도 패배가 없던 내가 오늘 쓰러졌듯이. 이정우도 내일이면 체면을 구기게 될 거다. 잘 봐둬."

민정태가 비웃음을 걸고 말했다.

"민정태 이 씹새끼야."

김주호가 민정태의 턱을 후려쳤다.

주먹을 맞고 뒤로 밀려난 민정태가 입술에서 흐르는 피를 닦으며 웃었다.

"제대로 던질 수 있었던 거야? 맞아?!"

김주호가 소리 질렀다.

"신경 꺼라."

민정태는 밀대를 청소 도구가 모여 있는 구석에 던진 뒤, 체육관을 나갔다.

김주호는 얼굴을 일그러트렸다.

지난 과거의 기억들이 주마등처럼 김주호의 뇌리를 스쳐 지나갔다.

- 어쩌려고 그런 내기를 해. 망신당하고 싶냐? 민정태

팔이 아무리 맛이 갔어도, 네가 야구로 그 놈을 어떻게 이겨. 그리고 하나도 아니고 두 개를 치겠다니. 뭔 배짱이야. 네가 주먹으로 민정태를 이겼다고 해서 야구까지 물로 보면 안 되지.

김주호가 전화로 열을 올리며 하고 싶은 말들을 쏟아 냈다.

"해보지 않는 이상 결과는 모르는 거지. 그리고 내기에서 결과가 어떻게 나오든 내 목적은 승패가 아니야."

– 뭔데 그럼?

"충격을 줘야지."

정우가 웃으며 말을 이었다.

"그래야, 더 이상 나를 귀찮게 하지 않을 테니까."

– 대체 뭔 소린지….

"내일이 되면 너도 알 거다."

– 무슨 꿍꿍이야. 그냥 얘기해. 이러면 나 궁금해서 잠 못 잔다.

"자지 마 그럼."

– 에이 씨. 그보다 야 근데 민정태가 슬럼프가 온 거. 그거 어쩌면 아닐 수도 있다는 생각이 든다.

"왜?"

– 아까 너 나가고 민정태랑 얘기를 좀 했는데. 이 새끼 뭐가… 일부로 자기 자신을 망치고 있는 것처럼 보였거든.

"그렇겠지."

– 그렇겠지라니. 잠깐 넌 벌써부터 뭔가를 눈치를 챘단 얘기냐?

"어느 정도는."

– 뭘 보고?

"비슷했거든. 너랑 엘리스랑."

– 뭐가?

"눈빛이."

– 너 무슨 무당이냐?"

"너도 그렇고 엘리스도 그렇고 나쁜 일들을 저지르고 다녔지만. 그런 생각이 들더라. 태어나면서부터 나쁜 인간은 없다. 그렇게 될 수밖에 없었고, 그렇게 될 수밖에 없을 만큼 아직 어리고 마음이 약했던 거다. 그러니 다시 일어날 수 있도록 도움을 주자. 그게 스스로와 타인을 망치는 저주를 풀 수 있는 가장 좋은 선택이다."

– 아주 예수님 납셨네. 구원자구만 구원자.

"솔직히 얘기하면 그렇게 해야 내게 귀찮은 일들이 없어지니까."

– 이걸 멋있다고 해야 할지. 냉정한 이기주의자라고 해야 할지 모르겠구만.

"끊는다."

– 오냐.

전화를 끊었을 때 엘리스가 팔짱을 껴왔다.

"내가 뭘 그렇게 나쁜 짓을 했는데?"

"떨어져."

정우가 손바닥으로 엘리스의 머리통을 밀어냈다.

"그리고 넌 왜 집에 안 가고 계속 졸졸 따라다녀?"

엘리스가 정우 앞에서 뒤로 걸으며 정우를 바라보았다.

"점점 네가 좋아지니까."

"집 까지 쫓아올 셈이야?"

엘리스가 하얀 이를 내보이며 웃었다.

"안 돼?"

"당연히 안 되지. 돌아가. 택시 잡아줄게."

엘리스가 도로가로 가려는 정우의 팔을 잡아 당겼다.

그녀는 까치발을 들어 정우의 양쪽 뺨을 손으로 잡고 입을 맞췄다.

짧은 입맞춤 후, 엘리스가 부드럽게 미소 지었다.

지나가던 사람들이 모두 정우와 엘리스에게 시선을 빼앗겼다.

고등학생임에도 불구하고 미소를 짓고 있는 엘리스는 숨 막히게 아름다웠다.

젊은 남자들은 정우를 부럽다는 듯이 바라보았고 중년들은 흐뭇해하기도 했고 남사스러워 하기도 했다.

정우는 소매로 입을 닦았다.

"너 자꾸 장난 칠래?"

"장난 같아?"

"하지 말랬지?"

"엄청 이상한 거 알아?"

정우가 미간을 찡그리며 되물었다.

"뭐?"

"상대가 누구든. 피부에 살만 스쳐도 구역질이 올라오고 소름이 끼쳤었어. 근데 넌 아니야. 정말 신기하게."

"……."

"네가 날 좋아하든 싫어하든 상관없어."

엘리스가 정우 앞으로 한 발 다가가 옷깃을 살짝 담아당겼다.

그녀는 정우를 은근한 눈빛으로 올려다보았다.

"날 도와주겠다고 했잖아. 힘이 되어주겠다고. 그런 내게 상처를 줄 생각이야?"

"그러니까 선 넘지 마라."

정우가 엘리스의 손을 떼어내고 걸음을 옮겼다.

엘리스가 정우를 토끼처럼 따라 붙었다.

"내가 여자로 안 보여? 여자로 보이는 사람은 있어? 진짜 게이 아니야?"

"딱밤 맞고 싶냐?"

엘리스가 앞을 보며 입을 다물었다.

정우는 한숨을 쉬며 걷는 속도를 올렸다.

II

집에 돌아오자 어머니가 주방을 청소하고 있었다.

"아들 왔어? 운동하고 온 거야?"

"네."

"근데 입술에 뭐야? 빤짝 거리는 게…."

정우는 조금 놀란 얼굴로 손등으로 입술을 닦았다.

입술을 닦자 손등에 빤짝이가 묻어났다.

어머니가 음흉하게 웃었다.

"정말 연애하니?"

"아니에요."

정우는 웃으며 고개를 저었다.

"아니긴. 우리 아들 아직 학생인데 너무 진도 빠른 거 아니야?"

어머니가 옆구리를 쿡 찔렀다.

"아니라니까요."

"에휴. 어쩜 이렇게 사람이 180도 달라졌을까. 엄마가 얼마나 걱정이 많았는지 알아? 옛날에 트라우마 때문…."

어머니가 말을 끊었다.

"트라우마요?"

"아, 아니야."

어머니가 황급히 고개를 저었다.

"말씀해주세요. 제 과거잖아요."

"그게…. 실은 중학교 때 네가 여자애한테 고백했다가 상처 받은 이후로 많이 힘들어했거든. 그 때부터 사람들 만나는 것도 싫어하게 되더니 나중엔 컴퓨터만 붙잡고 살았어. 그리고 고등학교 들어가서는…."

어머니가 정우 눈치를 봤다.

"괜찮아요. 편하게 말씀하세요."

"고등학교 입학식 날 강당에 들어갔는데, 어떤 자그마한 여자애가 지나가면서……."

"……?"

"이쑤시개라고……."

등에 살짝 땀이 났다.

이쑤시개라니.

정우가 작게 웃었다.

"좀 심하긴 했네요."

"그치? 정말 엄마가 얼마나 걱정 많이 했는지 알아? 내 그 기집애 찾아내서 혼쭐을 내주려다가 참았지."

정우는 그 사건 보다 이런 얘기를 자신이 굳이 어머니에게 했다는 게 더 충격적이었다.

정우가 웃으며 어깨에 메고 있던 가방을 풀었다.

"저 씻고 올게요."

"그래. …괜찮지?"

"그럼요."

어머니에게 웃으며 대답하고 정우는 방에 들어와 가방과 옷을 벗은 후 욕실에 들어갔다.

물줄기를 맞으면서 정우는 생각했다.

정말 자신에게 문제가 있는 건가.

서리가 낀 거울을 손으로 닦아 자신의 얼굴을 보았다.

당연히 남자에게 감정을 품은 적은 없다.

하지만 여자도 마찬가지다.

엘리스가 스킨쉽을 해올 때, 싫지는 않다.

다만 마음이 끌리지 않을 뿐이다.

앞으로 엘리스를 어떤 식으로 대해야할지 답이 보이질 않았다.

순수하다면 순수한 감정이다.

일방적일 뿐 이라는 게 문제지만.

정우는 머릿속을 지우고 온도를 좀 더 내려 찬물로 샤워를 계속했다.

◆◆◆

　민정태와 정우와의 대립 결과를 궁금해하는 아이들 사이로 소문은 순식간에 번져 나갔다.

　김주호가 동영상을 공개하지 않았지만 결과는 불을 보듯 뻔했다.

　멀쩡한 정우와 달리 민정태의 얼굴은 큰 차이를 보이고 있었다.

　누가 봐도 정우가 이긴 게 틀림없다고 학생들은 생각했다.

　그리고 그런 만큼 대령고 내에서 정우의 인기는 더 올라갔고 정우를 두려워하기보다 경외하는 수준에까지 이르렀다.

　그렇게 주변이 시끄러울 때 정우는 조용히 공부를 했다.

　수업을 할 때는 수업에 집중을 했고 쉬는 시간에는 언어 공부를 했다.

　현재는 일본어를 마스터하고 중국어를 공부하는 중이었다.

　"그만 좀 쳐다보지?"

　정우가 책을 보며 말했다.

　"닳는 것도 아닌데 뭐. 그렇게 비싸게 굴지 마."

　엘리스는 창피함이랑은 담을 쌓은 것 같았다.

　너무 당당했고 적극적이라 주변에서도 불편함을 느낄

228

정도다.

엘리스는 수업 시간 쉬는 시간에도 턱을 괴고 정우만 바라보았다.

엘리스에게서 벗어날 수 있는 순간은 점심시간.

급식을 먹을 때가 유일했다.

"그냥 엘리스랑 사귀어. 정신이 좀 이상하긴 해도 얼굴이랑 몸매는 탑 클래스잖아. 게다가 네 앞에서는 요조숙녀로 변하고."

박영열의 말에 김주호가 숟가락으로 머리를 때렸다.

"말이냐 방구냐? 야 인마. 정우가 뭐가 아쉬워서 그런 애를 만나?"

김주호가 정우의 얼굴을 보며 혀를 찼다.

"어휴 얘 얼굴 봐라 이거. 응? 양기가 아주 제대로 빨렸네. 볼 움푹 패인 거 봐 이거."

박영열이 입에서 밥풀을 뿜으며 웃었다.

"이 새끼가 더럽게 진짜. 내 식판에도 튀었잖아!"

김주호가 인상을 쓰면서 숟가락을 식판에 던졌다.

"안 먹는다. 안 먹어."

"미안."

웃음이 터진 박영열이 입을 틀어막으며 계속해서 웃었다.

"미친 새끼. 저거 허파에 바람 들어갔나. 그만 웃어 미친 새끼야!"

정우는 그 꼴을 보다 못해 말없이 식판을 들고 일어났다.

김주호는 뱁새눈으로 박영열을 노려봤다.

박영열은 웃으면서 밥을 입 안에 밀어 넣고 있었다.

"웃기잖아."

"씹구 말해. 튀나온다 이 새끼야."

박영열이 쿠쿡 웃으며 다시 밥풀을 토해냈다.

"돼지 새끼. 여물 처먹냐? 뱉은 걸 또 먹고. 내 더러워서 진짜."

김주호가 신경질을 내며 일어났다.

"같이 가."

박영열이 식판 들고 좀비처럼 김주호를 쫓아갔다.

대령고 야구장에 정우가 나타나자 야구부가 일제히 술렁였다. 일반 학생들과 교류가 거의 없다고 해도 소문은 익히 들어왔다.

정우는 연예인이나 다름없을 정도로 대령고 전체에서 유명 인사였다.

거기다 민정태와의 소문까지 퍼졌으니 체육부까지 정우의 유명세가 뻗치지 않으려야 뻗치지 않을 수가 없었다.

야구부는 이정우가 왜 야구부를 찾아왔는지 의아한 눈 길로 정우를 주시했다.

"진수야. 포수 좀 봐주라."

민정태의 말에 야구부의 호기심이 하늘 끝까지 치솟았 다.

"예 선배님!"

진수라 불린 야구부원이 장비를 챙겨 즉시 자리를 잡았 다.

"쟤한테 배트 하나 줘라."

민정태의 말에 후배 하나가 배트를 들고 정우에게 뛰어 갔다.

"약속대로 10개 중 두 개다. 볼도 친 걸로 쳐주마."

"좋을 대로."

정우는 배트를 받아 타석에 섰다.

민정태는 마운드에 섰다.

짧은 대화로 인해 야구부원들도 현 상황을 파악할 수 있 었다.

정우와 민정태의 야구 승부였다.

지켜보던 이들은 3학년 2학년 1학년 할 것 없이 전부, 속으로 비웃음을 던졌다.

민정태가 극심한 슬럼프를 겪고 있다는 사실은 어느 누 구보다 야구부원들이 가장 잘 알고 있었다.

공을 던질 때마다 데드볼이 되기 일쑤였고 스트라이크 존은 근처도 가지 못하는 폭투의 연속이었다.

민정태의 팔은 고장 났다.

모두 그렇게 생각했다.

그리고 이정우는 선수가 아닌 일반 학생이다.

야구부는 저 둘이 얼마나 형편없는 내용을 보여줄지 보기도 전에 눈살이 찌푸려졌다.

"쪽팔리는 것도 모르나. 저러고 싶을까."

"야구부를 지 멋대로 망가트리고 다니는구만."

"실력도 개뿔 없는 게 깡패같이 애들이나 패고 다니고. 그것도 모자라서 이제는 야구부 이미지 전체를 깎아 먹는구만."

"아 빨리 졸업하고 싶다. 저 인간쓰레기 좀 안 보게."

"내 말이."

"그래도 한 번 보자고. 민정태가 얼마나 망가져 버렸는지."

"하긴 슬럼프 이후로 연습도 제대로 안 하고 경기장 근처도 못 갔으니. 공 던지는 거 오랜만에 보긴 하네."

"참 이래서 인생이 한 치 앞을 알 수 없다고 하는 거야. 최대 유망주. 천재. 최강. 온갖 수식어가 다 붙던 놈이 이렇게 될 거라고 누가 상상이나 했겠어?"

"슬럼프라고 부르기도 뭐하지. 이 정도면 거의 장애 수준이잖냐."

"완전 개그 아니냐? 팔꿈치가 부러진 것도 아니고. 멀쩡한 새끼가 어쩌다 저 지경까지 됐을까."

작게 수다를 떨던 야구부 3학년들이 그 말에 모두 동의한다는 듯 씁쓸하게 웃었다.

그 때.

파아아앙!

뜨거운 소리가 울려 퍼졌다.

야구부 전체가 눈을 부릅떴다.

"뭐, 뭐야 저거."

"속도 쟀냐? 야 김지훈! 속도 쟀어?"

"아니요. 못 쟀습니다. 죄송합니다!"

"쟤 빨리!"

"예!"

후배가 미터기를 들고 달려갔다.

야구부 전체가 말문을 잃었다.

소름 끼치는 피칭이었다.

민정태의 직구는 정확히 한 가운데로 들어갔다.

정우는 움직이지도 못했다.

민정태의 직구.

그것은 슬럼프라고는 상상할 수도 없을 만큼 완벽했다.

아니, 완벽을 넘어선 피칭이었다.

"저 새끼 저거 슬럼프 맞아? 아니면 설마 탈출한 건가?"

"슬럼프 탈출이 아니라 더 업그레이드 됐어. 더 성장했다고…. 훨씬 더 강하게."

야구부 3학년이 딱딱한 얼굴로 말했다.

민정태는 미소를 머금으며 고개를 뒤로 젖혀 정우에게 조롱하는 눈빛을 보냈다.

정우는 담담한 표정으로 배트를 두 번 연습삼아 휘둘렀다.

그리고 다시 자세를 잡았다.

전부 직구로 상대해주마.

느껴봐.

내 속도를.

민정태가 교과서적인 와인드업을 했다.

그리고 오른 발을 내딛으며 허리를 비틀었고 왼쪽 어깨에서 괴물같은 힘이 터져 나왔다.

파아아앙!

또 다시 직구.

야구공이 정중앙에 꽂혔다.

포수를 맡은 진수의 얼굴이 일그러졌다.

강한 통증을 느낄 만큼 엄청난 공이었다.

"속도 몇이야?"

3학년 야구부원이 미터기를 잡은 후배에게 물었다.

"그, 그게."

"몇이냐고."

"147입니다!"

그 말을 전해들은 야구부 전원 온 몸에 전율이 솟아올랐다.

반면 그런 분위기와 관계없이 민정태는 포수가 던져준 공을 받으면서 어금니를 깨물었다.

이 정도 공이라면 최소한 당황하거나 얼굴이 굳어질 줄 알았다.

그런데 어째서 즐기고 있는 거냐.

내 공은 네가 그렇게 만만하게 볼 수 있는 게 아니야.

우습게보지 마라!

세 번째 투구.

민정태가 공을 던졌다.

민정태의 세 번째 투구는 눈으로 쫓기도 힘든 속도였다.

따악!

공이 배트 윗부분을 맞았다.

야구공이 정우의 머리 바로 위로 크게 떠올랐다.

정우는 떠오른 공을 아쉬운 듯 바라보았다.

민정태가 표정을 잃은 얼굴로 정우를 보았다.

민정태가 동요하는 만큼 지켜보고 있는 야구부들도 거대한 충격에 사로 잡혔다.

이번 구속의 속도는 146.5 였다.

매일같이 훈련하는 자신들도, 쳐낼 수 있을지 장담할 수 없을 만큼 엄청난 직구다.

게다가 우연이 아니다.

노리고 쳤다.

그게 가장 중요한 포인트였다.

포수가 직선으로 떨어져 내리는 공을 잡았다.

"야 민정태! 이것도 친 거야. 파울도 친 걸로 치는 거 맞지? 이건 정식 룰이 아니야. 하나 남았다!"

지켜보던 김주호가 벌떡 일어나서 흥분한 얼굴로 소리쳤다.

민정태는 흔들리는 표정을 바로 잡으며 웃었다.

대체 뭐야. 저 이정우라는 인간….

민정태는 고개를 숙이고 어깨를 떨며 웃었다.

가히 저 정신 나간 도련님이 관심을 가질만한 인물이네.

자존심이라고는 세상에서 가장 높은 놈이 뭐가 아쉬워서 똘마니 노릇을 하고 있나 했더니.

이유가 있었어.

지금처럼 말로는 설명할 수 없는 저 자식만이 뿜어내는 정체를 알 수 없는 힘.

그 힘에 사로잡힌 거다.

자만했다.

괴물을 상대하려면 방심해선 안 되지.

예우를 해줘야겠어.

236

최선을 다해주마.

손가락 위치를 바꿨다.

와인드 업.

민정태의 손에서 네 번째 투구가 쏘아졌다.

날아가는 방향을 보고 모두 직구라고 생각했다.

정우가 배트를 휘두르는 순간 공이 마법처럼 휘어졌다.

싱커!

공이 바깥쪽으로 빠지면서 정우가 헛스윙을 했다.

정우의 얼굴이 일그러졌다.

압도적인 무브먼트.

실로 경이로운 싱커였다.

"저거 사람이냐."

"난 아닌 것 같은데."

"고등학생이 뭐 저래."

"여기서 한 가지 놓칠 수 없는 건 이정우야. 만약 직구였
다면…. 이번엔 쳤다."

야구부 3학년들의 얼굴이 하얗게 질렸다.

"우리가 대체 지금 뭘 보고 있는 거냐."

"그러고 보니까 체육대회 끝나고 스카웃 전쟁이 있었다
고 했었잖아. 그 땐 흘려들었는데, 저 이정우라는 놈 운동
신경. 정상이 아니야. 보통을 넘어섰어. 만약 야구만 파고
들었다면…."

"적팀이라면 상상도 하기 싫군."

민정태가 정우를 향해 검지로 눈 밑을 잡아 내리고 혀를 내밀었다.

정우가 웃으며 자세를 잡았다.

미소를 머금고 지켜보던 김주호가 눈가에 흐르는 눈물을 닦아냈다.

"왜 눈물이 나냐 시발…."

민정태의 투구는 화려하게 이어졌다.

커브부터 포크볼, 그리고 체인지업까지.

마치 예술을 보이듯 한 치의 오차 없이 스트라이크 존을 채워 넣었다.

투구를 지켜본 야구부가 모두 혀를 내둘렀다.

마지막 한 구를 남겨놓고 민정태는 커다랗게 소리쳤다.

"직구다!"

민정태가 정면승부를 던졌다.

정우가 배트를 살짝 짧게 잡았다.

민정태의 와인드 업.

양 손을 머리 위로 천천히 들어올렸다.

오른 발을 내딛으며 전력의 힘을 실었다.

힘이 들어가는 근육이 고통을 토해냈다.

민정태가 던진 공이 바람을 찢으며 날아갔다.

칠 수 있으면 쳐봐!

정우가 왼발을 들어 타이밍을 잡았고 배트를 휘둘렀다.

그리고.

엷은 소리가 났다.

민정태의 동공이 확장 되었다.

야구공이 정우의 배트를 아슬아슬하게 스친 뒤, 미묘하게 각도가 뒤틀렸다.

그리고 공은 가까스로 포수의 글러브 아래쪽 방향으로 들어갔다.

아웃.

종이 한 장의 승부였다.

민정태가 안도의 휘파람을 불었다.

그리고 야구장에 적막한 침묵이 흘렀다.

정우는 타석에서 걸어 나와 빌렸던 배트를 돌려주고 민정태의 마운드 앞에 섰다.

"내가 졌다."

정우가 후련한 듯 한 표정으로 말했다.

"너 도대체 정체가 뭐냐?"

민정태가 징그럽다는 듯 말했다.

"하나만 부탁하자."

민정태가 눈썹을 올렸다.

"부탁? 뭐야. 말이 다르네. 스파링 안 하겠다. 뭐 이딴 소리는 아니겠지? 난 지고는 못 살아."

"걱정 마. 약속은 지켜. 대신 너도 하나만 지켜라. 그럼 얼마든지 놀아 줄 테니까."

"뭐야 그 부탁이라는 게."

"야구…. 배신하지 마라."

정우가 민정태가 밟고 있는 마운드를 지나쳤다.

민정태가 노을 진 금빛 흙모래를 먼눈으로 보았다.

김주호가 다가왔다.

민정태가 숨을 길게 뱉으며 고개를 들었다.

"정우가 뭐라디?"

민정태가 쓴웃음을 지었다.

"야구 배신하지 말라더라."

김주호가 웃으며 고개를 가로 저었다.

"아…. 이정우. 이 새끼 폼은 진짜 더럽게 멋있게 잡는 단 말이야."

민정태가 후배에게 자신의 글러브를 던졌다.

"연습들 잘 해라."

"들어가십시오!"

후배들이 모두 허리를 숙였다.

김주호가 야구장을 나가려는 민정태를 뒤따라가 옆에서 같이 걸었다.

"너 같은 개또라이한테도 그래도 후배들이 인사는 잘 하네."

"무서워서 하는 거지."

"아닌 것 같은데. 오늘 네가 던진 거 보고 눈빛이 다들 변했어."

민정태가 코웃음을 쳤다.

"여기 오기 전에 얘기 들었다."

민정태가 김주호를 쳐다봤다.

김주호가 이맛살을 찌푸렸다.

"감독이 너 마운드에 안 세웠다며. 왜 나한테 얘기 안 했냐."

민정태가 그늘 진 눈빛으로 김주호를 보며 웃었다.

"다 꼴 보기 싫었거든. 감독도 싫고, 돈 걱정 없이 사는 너도 그렇고. 나 역시도 그랬고. 그런 생각이 들면서 머릿속이 점점 꼬이기 시작하더니 진짜 슬럼프가 왔어. 내 팔이, 내 몸이 마치 고장난 것처럼 말을 안 듣더라."

"오늘 공은 뭐야 그럼?"

"정학을 맞고 나서. 쉬는 동안, 매일 같이 던졌다. 던지면서 수천 수 만 가지 생각을 했는데, 어느 날 불쑥 결론이 딱 떨어지더라고. 그 때 다시 돌아왔지."

"근데 왜 이 지랄이야."

"학교에 오자마자 기분이 더러웠거든. 던질 수 없다는 게. 얼마나 엿같은 건지 다시 기억났어. 그리고 무엇보다 개 버릇 남 못 준다고 욱하면 몸이 먼저 나가더라 내가 또

나보다 강한 놈은 인정할 수가 없잖아."

민정태가 자조적으로 웃었다.

"그래서 앞으로 어쩔려고."

"중요한 건 던진다는 거. 그거 하나로 살아가는 거지. 프로에만 들어가면, 그 땐 진짜로 날 원하게 될 테니까."

"그럴 거면 욱 하는 것 좀 버려. 성격대로 살면 그러다 진짜 야구 인생 종쳐 미친놈아."

"너부터나 버리고 지껄여."

"닥쳐. 근데 너 먼저 이렇게 그냥 가도 되는 거냐?"

"조용히 지낼 테니까. 건들지 말랬거든. 안 그럼 찾아가서 멱 따버린다고. 겁먹던데?"

"에휴, 넌 그냥 왕따 새끼야."

"그래도 너보다 낫다 내가."

"지랄하네."

김주호와 민정태가 운동장을 벗어나며 웃었다.

함께 웃는 건 3년 만이었다.

제 10 화

오피스텔

제 10 화
오피스텔

I

체육관이 북적 거렸다.

정우와 김주호, 오늘부터 체육관을 다니기로 한 민정태
와 박영열. 그리고 연아와 엘리스.

한동안 뜸했던 보건 선생 채아까지 왔다.

규모가 좀 작아서 사람이 조금만 들어와도 꽉 찬 느낌을
준다.

다만 이들을 제외하고는 노인의 체육관에 다니는 회원
이 없다는 게 문제였다.

몇 있던 회원들이 체육관을 그만두면서 체육관에는 대

령고 학생과 보건 선생 밖에 남지 않았다.

때문에 노인은 사무실 안에서 체육관 운영에 대한 고민으로 골머리를 앓고 있었다.

그 때, 김주호가 문을 벌컥 열고 들어왔다.

가뜩이나 예민해져 있던 탓에 노인의 눈빛을 보고 김주호는 살짝 목을 움츠렸다.

"왜 그래요. 나만 보면 잡아먹으려드네."

"노크도 모르냐?"

김주호가 히쭉히쭉 웃으며 노인의 반대편에 앉았다.

"뭘 그렇게 실실 웃고 다녀. 좋은 일이라도 있어?"

"제가 전에 말씀드린 거 기억하시죠?"

노인이 의아한 눈길을 보냈다.

"건물 계약했습니다. 인테리어 공사도 조만간 들어갈 거구요."

노인이 깜짝 놀랐다.

"해서 관장님의 확실한 가부 결정만 있으시면 됩니다. 제 생에 첫 사업입니다. 그런만큼 뭐 관장님도 여러 가지로 불안하실 수도 있겠지만, 제가 아직 부족한 만큼 같이 일하는 분들에게 폐를 끼칠 수도 있어서 전문경영인이 일을 도와주기로 했습니다. 그러니 체육관 운영하는데 큰 문제는 없을 겁니다. 사실상 저는 발만 담가보는 거고 실질적인 큰 일처리는 그 분이 맡아 주실 겁니다. 그러니까 이

기회에 저랑 같이 한 번 해보시죠."

노인의 눈빛이 흔들렸다.

"내 며칠 생각을…."

"관장님 때문에 시작한 일이기도 합니다. 지금 바로 결정해주십시오."

김주호의 눈빛을 보고 노인장이 입가에 웃음기를 새겼다.

"철없는 어린애인 줄로만 알았는데. 대대로 내려온다는 사업가 기질이라는 게 정말 있긴 있는 모양이구나."

"부탁드립니다."

"이 쓸모없는 늙은이를 어디다 쓰려고."

"고맙다는 말씀으로 듣겠습니다."

노인이 쓴웃음을 지으며 고개를 저었다.

"말은 똑바로 해야겠지. 고맙다 주호야."

"저도 감사드립니다."

노인이 김주호의 어깨를 토닥였다.

"이제 좀 덜 때리마."

김주호가 얼굴을 일그러트렸다.

"안 때려야지. 덜 때리마는 뭡니까?"

"잘못을 했으면 맞아야지. 네놈은 어른 공경을 모르잖냐."

"떡 주고도 언어맞는 격이구마."

"뭬야?"

김주호가 능글하게 웃으며 일어났다.

"먼저 갑니다."

"쓸데없는 짓 하고 댕기지 말고 공부해."

"예예."

김주호는 성의 없게 대답하고서 사무실을 나왔다.

문 근처에서 의자에 앉아 만화책을 읽고 있던 엘리스가 김주호를 흘깃 보고 콧방귀를 뀌고 다시 만화책으로 눈길을 돌렸다.

김주호는 인상을 쓰며 엘리스를 노려보다가 링 쪽으로 걸음을 옮겼다.

연아와 채아가 걱정스러운 표정으로 정우와 민정태의 스파링을 지켜보고 있었다.

오늘도 여전히 민정태는 정우에게 신나게 얻어맞고 있었다. 어제와 달라진 점이라면 민정태가 글러브와 마우스피스를 꼈다는 것 정도였다.

정우의 주먹이 정확히 민정태의 복부에 들어갔다.

민정태의 입에서 마우스피스가 툭 하고 삐져나왔고, 곧 무릎을 꿇었다.

"오늘은 이쯤 하자. 더 하면 몸 상한다."

정우가 글러브를 벗을 때, 민정태가 벌벌 떨면서 팔을 들었다.

정우가 그런 민정태를 지켜봤다.

민정태는 땀으로 가득한 얼굴을 들며 일어나다가 결국 바닥에 엉덩이를 대고 개구리처럼 넘어갔다.

정우는 링을 나왔다.

연아가 얼른 뛰어가 수건을 건넸다.

김주호가 코웃음을 쳤다.

"땀 한 방울 안 나는구만 뭘 수건을 갔다 줘. 다 죽어가는 민정태한테나 던져줘라 그 수건."

김주호가 수건을 뺏어서 링 안으로 휙 던졌다.

"쟤 괜찮은 거야? 많이 아파 보이는데."

체아가 걱정스러운 얼굴로 말했다.

정우는 엷게 웃었다.

"괜찮을 겁니다. 근데 선생님 정말 오랜만이시네요."

"응. 최근에 엄마가 몸이 안 좋으셔서, 병원에 계셨거든. 일 마치자마자 병문안 가느라 좀 바빴네."

"죄송해요. 병문안 갔었어야 했는데…."

"그런 생각하지 마. 왔으면 더 불편했을 거야."

"지금은 좀 괜찮아지셨어요?"

"응 많이 좋아지셨어."

"다행이네요."

채아가 웃으며 고개를 끄덕였다.

"근데 걘 누구야? 처음 보는데. 인형 같이 생겼다 정말."

"저희 반에 새로 전학 왔어요."

"그래? 정우 주변엔 미인이 점점 많아지네."

채아가 팔꿈치로 정우의 옆구리를 푹 찔렀다.

"그럼 선생님도 미인인가요?"

"응?"

채아가 홍당무가 된 얼굴로 당황한 표정을 감추지 못했다.

"아, 아니 그게. 나는…."

정우가 엷게 웃었다.

"농담이에요."

채아가 눈을 부리부리하게 떴다.

"선생님을 놀려? 그리고 내가 미인이라는 거야 아니라는 거야."

"물론 미인이시죠."

채아가 흐뭇하게 웃으며 고개를 끄덕였다.

"역시 우리 정우. 보는 안목이 있어."

옆에서 지켜보던 김주호가 떫은 표정으로 더 못 보겠다는 듯 고개를 가로 저으며 자리를 떴다.

엘리스가 뒷짐을 지고서 다가왔다.

정우는 뒤로 한 발자국 물러났다.

방심 하는 순간 수시로 스킨십을 해오는 탓에 이런 반응이 어느새 습관이 돼 버리고 말았다.

"안녕?"

채아가 손을 흔들며 인사했지만 엘리스는 흘깃 시선만 던지고 무시했다.

"끝났어?"

엘리스가 정우의 눈을 올려다보며 물었다.

"왜?"

"밥 먹자. 내가 살게."

정우는 잠깐 생각 끝에 고개를 끄덕였다.

"그래 먹자. 그렇지 않아도 할 말 있었어. 옷 갈아입고 올 테니까 기다려."

정우는 간단히 세수를 하고 탈의실에 들어가 옷을 갈아입었다.

그 사이, 연아는 그늘진 얼굴로 체육관을 나가 옥상으로 올라갔다.

그런 연아를 보고 채아가 따라 나섰다.

옥상으로 올라가자 체육관의 마스코트. 챔프가 연아에게 다가가 꼬리를 흔들었다.

연아가 반응이 없자 챔프는 혀를 날름거리며 아쉬운 눈빛으로 바닥에 엎드렸다.

옥상에 따라 올라온 채아가 조심스럽게 연아에게 다가갔다.

"괜찮아?"

채아의 물음에 연아가 애써 웃음을 지어 보였다.

"네. 괜찮아요."

채아가 연아의 등을 토닥였다.

"그렇게 마음 끓이지만 말고. 연아도 조금 적극적으로 해봐. 남자들 은근히 그런 거 좋아한다?"

"남자들은 그럴지 몰라도. 정우 선배는 아닐걸요?"

연아가 힘없이 웃었다.

채아도 그 말에 딱히 반박하기가 힘들었다.

정우는 어떤 여자가 다가가도 흔들림이 없다.

그야말로 요즘 말하는 철벽남이다.

물론 그래서 더 매력적인 거겠지만.

연아의 마음을 가볍게 해줄 수 있는 건, 한 가지 밖에 떠오르지 않았다.

"연아야."

"네?"

"그 애 이름이 뭐야?"

"엘리스라고 들었어요."

"혼혈인가?"

연아가 고개를 저었다.

"거기까지는…."

"분명 엄청 힘들어 할 거야. 그 엘리스라는 여자애도."

연아가 채아를 바라보았다.

"네?"

"얼굴도 예쁘고 부티도 나지만. 내가 볼 땐 아마도 태어나서 부족함 없이 자란 것처럼 보였거든. 돈이 있다면 뭐든지 살 수 있지만 사람의 마음까지 쉽게 살 수는 없으니까. 게다가 이정우는 A급 철벽남이잖아."

채아가 연아의 목에 팔을 걸었다.

"하지만 그것만 믿고 있을 수는 없겠지? 사랑은 쟁취하는 거라구."

채아가 주먹을 불끈 쥐며 말을 이었다.

"연아도 엘리스에 지지 않을 정도로 과하게 예쁘니까 포기하지 말고 매력을 어필해봐. 지나치지 않게 화장도 조금씩 해보고."

"저 화장을 할 줄 몰라서…."

"내가 가르쳐줄게."

"정말요?"

연아가 기대감을 내보였다.

채아가 자신만만한 얼굴로 웃었다.

"여자의 무기는 뭐니뭐니해도 화장발이겠지?"

연아가 작게 웃었다.

"고마워요 언니."

"집에 화장품 없지?"

" 네."

"말 나온 김에 사러 가자. 언니가 쏠게."

"아, 괜찮은데."

"얼른."

"지금요?"

"응. 지금. 렛츠 고!"

채아가 연아의 손목을 잡아끌었다.

챔프가 자신도 같이 놀아달라는 듯 컹컹 짖었다.

◆◆◆

엘리스가 택시를 잡았다.

"그냥 근처에서 먹지? 뭐하러 택시를 타."

"일단 타."

엘리스가 먼저 택시에 올라 어서 들어오라고 손짓했다.

이미 잡은 택시라 어쩔 수 없이 정우도 택시에 탑승했다.

택시가 출발하자마자 엘리스가 목적지를 말했다.

"왜 위치가 너희 집 오피스텔이야?"

"집에서 먹을 거니까. 내가 요리해줄게."

엘리스는 언제나처럼 장난인지 진심인지 알 수 없는 눈웃음을 지었다.

정우는 머리가 지끈거려왔다.

"그냥 밖에서 먹자. 불편해."

엘리스가 옆으로 바짝 붙어왔다.

"친구가 되어준다는 거 그거 순 뻥이었던 거야? 나 상처 받을 것 같은데."

"네가 선을 자꾸 넘으니까 문제잖아."

"내게 하려던 말이 그거였어?"

정우는 창밖을 보며 고개를 끄덕였다.

"나도 너랑 사귈 생각 없는데. 혼자 너무 앞서 나간 거 아니야?"

"다시는 그런 짓 하지 마."

정우가 엘리스를 보며 말했다.

"뭘?"

웃고 있는 표정이 딱 놀리려고 작정한 것처럼 보였다.

"스킨십 하지 말라고."

"스킨십 어떤 거?"

"재밌냐?"

엘리스가 순진무구함을 연기하며 고개를 끄덕였다.

"하지 마. 분명히 얘기했어."

딱 잘라 얘기했지만 엘리스의 표정을 보니 씨알도 안 먹히는 것 같았다.

"택시 아저씨."

엘리스가 앞으로 고개를 빼꼼 내밀며 운전수를 불렀다.

택시 운전수가 백미러로 엘리스를 보았다.

"왜 학생. 내리려고?"

"그게 아니라요. 제 옆에 친구 있잖아요."

운전수가 고개를 끄덕였다.

"호모에요."

운전수가 당황하며, 어색하게 웃었다.

"아하하. 요즘은 뭐 세상 인식이 좋아졌으니까…."

정우가 엷게 웃었다.

"그런 거 아닙니다 선생님."

"그래?"

운전수는 동조하는 척 해줬지만 표정을 보니 전혀 그렇지 않았다.

그냥 그렇게 믿고 있는 것 같았다.

엘리스의 말 한 마디에 누군가에게 호모로 인식되어 버렸다.

운전수 입장에서는 그렇게 믿을 만 했다.

여학생이 이렇게 은밀하면서도 적극적으로 나서는 데에 비해 칼 같이 잘라내는 태도를 보였으니.

정우는 마른침을 삼키며 창밖을 보았다.

변명을 더 해봤자 더 악화되는 상황만 맞이하게 될 것 같았다.

그 상황 속에서 엘리스는 키득 거리며 아이처럼 웃고 있

256

었다.

오피스텔 앞에 도착한 뒤, 엘리스는 정우의 손목을 잡고 마트로 끌고 들어갔다.

그녀는 지금껏 보지 못했던 환한 얼굴로 카트를 끌고 왔다.

"자."

엘리스가 카트를 넘겼다.

뭔가 일이 복잡하게 꼬여버린 것 같았지만 풀어내기가 쉽지 않았다.

자신이 파놓은 함정에 걸려든 것처럼 돼 버렸다.

정우는 스스로가 좀 바보처럼 느껴졌다.

친구가 되어주기로 했던 것도.

도움을 주기로 했던 것도.

밥을 같이 먹기로 했던 것도 모두 약속은 약속이었다.

정우는 마음을 가볍게 먹기로 했다.

어차피 엘리스도 깊은 감정으로 행동하는 건 아닐 거라고 생각했다.

이게 뭐하는 짓인가 싶었지만 엘리스의 들떠있는 표정을 보니, 이제와서 아무렴 어떨까라는 생각이 들었다.

엘리스는 어느새 정육점 코너 앞에 도착해선 손을 흔들고 있었다.

지나가는 사람에게 저 여자가 얼마 전 29명의 폭주족을
자신에게 보냈다고 한다면 믿을 수 있을까.

"스테이크 좋아해?"

"그냥 간단하게 먹자."

"이걸로 주세요. 안심."

엘리스가 무시하고 안심 스테이크 두 덩이를 받았다.

엘리스는 고기를 카트에 넣고 근처에 있는 야채 코너로
이동했다.

"너 야채 먹어? 난 싫어하는데."

"편식도 하냐."

"응."

엘리스는 당당하게 고개를 끄덕였다.

"궁금한 게 있는데. 스테이크랑 손에 들고 있는 상추는
뭐 어떻게 요리하려는 거야?"

엘리스는 상추를 들고서 가만히 있다가 싱긋 웃었다.

그리곤 상추를 내려놓고, 정우의 팔을 다른 코너로 잡아
끌었다.

왠지 스테이크가 숯덩이가 될 것 같은 불길한 예감이 들
었다.

정우는 손에 집히는 데로 카트에 넣고 있는 엘리스를 보
면서 한숨을 삼켰다.

"전쟁 났어? 뭘 이렇게 앞뒤 없이 담아?"

카트를 돌아본 엘리스가 어깨를 올리며 웃었다.

"좀 많은가?"

정우도 그만 웃고 말았다.

"당연하지. 빼자."

정우는 물건들을 차곡차곡 제자리에 돌려놓았다.

스테이크 요리에 필요한 것들 정도로만 담고 계산대로 왔다. 엘리스가 계산을 하고 정우는 봉투에 담긴 짐을 들었다.

"밥만 먹고 바로 갈 거니까 그렇게 알아. 그리고 다음부터 집에 데려올 생각 같은 거 하지 말고. 이번만이야."

"난 원래 밖에서 안 먹어. 그 때 이후로."

엘리스가 당시 사건을 아무렇지도 않은 표정으로 말했다.

"혼자 사는 것 같던데. 그럼 매일 해 먹는 거야?"

"아니 시켜 먹는데? 귀찮게 어떻게 해먹고 살아."

정우는 엘리스가 조금 안쓰럽게 느껴졌다.

그녀에 비해 자신은 어머니가 따듯한 식사와 간식을 차려준다.

"돈은 네가 냈으니까. 요리는 내가 할게."

정우가 말했다.

"싫어 내가 할 거야."

엘리스가 인상을 썼다.

"요리 안 한다며."

"그거랑 이거랑은 다르지."

"다 태울 것 같아서 그런다."

보안문을 지나 엘리베이터 앞에 섰다.

"나 요리 잘해 의외로."

"진짜 네가 할 거야?"

"무조건."

"맛없으면 안 먹고 그냥 갈 거니까 그렇게 알아."

"완전 맛있어서 내꺼까지 뺏어 먹을 걸?"

"엄청난 자신감이네."

"먹고 기절이나 하지 마."

엘리베이터를 타고 오피스텔 문 앞에 도착했다.

"4444야. 기억해둬."

엘리스가 비밀번호를 누르며 말했다.

"그걸 왜 알려줘?"

엘리스가 싱긋 웃었다.

"언제든 오라고."

엘리스가 현관문을 활짝 열었다.

"들어가세요."

비밀번호를 알려준 것도 그렇지만, 비밀번호가 4444라니.

정우는 안으로 들어가 짐을 식탁 위에 올렸다.

"나 옷 좀 갈아입고 올게."

엘리스가 에어컨을 킨 뒤, 방 안으로 들어가며 말했다.

어느덧 더운 여름이 됐다.

얼마 전부터 하복으로 교복이 바뀌었다.

정우는 검은 티셔츠 위에 입고 있던 하얀 셔츠를 벗어 거실 소파 위에 두었다.

싱크대로 가서 손을 씻었다.

봉투 안에 들어있는 식재료들을 꺼낼 때, 엘리스가 옷을 갈아입고 나왔다.

면으로 된 연한 핑크색 핫팬츠에 달라붙는 하얀 면티를 입고 나왔다.

슬리퍼를 신고 있는 하얀 다리가 그대로 드러나 보였다.

그녀는 아무렇지 않게 걸어 나와 긴 금발 머리를 끈으로 묶었다.

정우는 왼 손은 허리에 얹고 오른손으로는 방을 가리켰다.

"왜?"

"한 번만이라도 사람 불편하지 않게 할 수는 없어? 갈아 입고 나와."

"그래도 내가 여자로 보이긴 하나 봐?"

엘리스가 특유의 놀리는 듯한 미소를 지었다.

"니힌데도 기본이라는 건 있거든."

엘리스는 흥 하고 콧김을 내뱉었다.

"알았어. 찬장 위에서 프라이팬이랑 그릇 좀 꺼내줘."

정우는 짧게 고개를 끄덕이고, 그녀의 말대로 찬장을 열었다.

요리를 위한 준비를 하나 둘 씩 하던 사이, 엘리스가 다시 옷을 갈아입고 나왔다.

"갈아입었어."

그녀의 목소리를 듣고 뒤를 돌아본 정우의 얼굴이 급격히 피로해졌다.

언제 가져갔는지, 그녀는 정우의 교복 셔츠를 헐렁하게 입고 있었다.

물론 하의는 실종되어 있었다.

정우는 손으로 의자 등받이를 짚으며, 진지한 눈빛으로 엘리스를 쳐다봤다.

"마음에 들어?"

엘리스가 어깨를 돌려 보이며 물어왔다.

분명 그녀는 매력적이었다.

은은한 미소를 머금고, 포니테일로 묶은 긴 금빛 머리. 그리고 헐렁한 흰색 셔츠.

자신도 남자긴 남자였나 보다.

그녀가 아름답다고 생각하는 걸 보면.

하지만 이런 식은 아니었다.

이런 분위기는 서로 좋아하는 사이.

그러니까 사랑하는 사람들에게나 일어나는 분위기인 것이다.

엘리스가 손으로 입을 가리며 쿡쿡 거리며 웃었다.

"얼굴이 왜 그렇게 심각해."

엘리스가 팔짱을 끼며 미간을 찡그렸다.

"정말 문제 있는 거 아니야? 보통 남자들은 이런 거 보면 눈이 뒤집히는 것 같던데. 드라마에도 많이 나오잖아."

연출이라는 게 무섭긴 무섭다.

그녀의 말대로 식탁 너머로 서 있는 그녀는 드라마에 나오는 여주인공과 비교해도 전혀 모자라지 않을 만큼 아름다웠다.

다만 상대가 엘리스고, 어울리지 않는 관계라는 것.

그리고 이 상황이 언제나처럼 예고 없이 찾아왔다는 점이었다.

"잠깐."

엘리스가 팔짱을 낀 체, 눈매를 좁히며 다가왔다.

"정말 남자 좋아하는 거 아니야? 처음엔 장난으로 시작했는데. 이제 진짜 문제 있는 거 아닌가 싶네. 아니면 눈이 엄청나게 높나? 빅토리아 시크릿 모델 정도는 돼야 하는 거야? 내가 그렇게 별로인가?"

바로 옆에서 말하고 있는 그녀를 보며 정우는 살짝 웃으며 고개를 저었다.

"아니 아름다워."

예상외의 말이라서 일까 엘리스가 꽤 놀란 표정을 지었다. 하지만 그 표정은 금세 풀어졌고, 장난기가 서린 미소가 얼굴에 잔뜩 번졌다.

"진짜?"

엘리스가 배시시 웃으며 다가와 정우의 허리를 껴안았다.

"원한다면 가져도 돼. 너라면 괜찮으니까."

엘리스가 허리를 껴안은 체 정우를 올려다보며 말을 이었다.

"이번엔 카메라 같은 거 없어. 정말."

엘리스가 인형같은 얼굴로 눈부시게 촉촉한 눈빛을 보내왔다.

정우는 검지로 엘리스의 이마를 쭉 밀어냈다.

엘리스가 '윽.' 소리를 내며 팔을 풀고 밀려 났다.

"식사 준비나 같이 하자."

정우는 가스레인지 위에 프라이팬을 올렸다.

약한 불로 팬을 달구는 사이, 도마를 꺼내 엘리스가 심통이 난 표정으로 산 안심 고기에 적당히 칼집을 내고 스테이크 양념을 준비했다.

그러다 능숙하게 요리를 시작하는 정우를 보고 엘리스

가 입을 동그랗게 말았다.

"오, 셰프 같은데."

"나이프 있어?"

"물론 있지."

"식탁에 플레이트…."

"근데 왜 고기를 하나 밖에 칼집을 안 내?"

"난 별로 생각이 없어서."

"그런 게 어딨어!"

엘리스가 큰 소리를 냈다.

정우가 고기를 냉장고에 넣으며 엘리스를 돌아보며 웃었다.

"뭘 그렇게 까지 화내고 그래?"

"혼자 먹으라는 게 말이 돼? 친구라며. 그게 친구야?"

엘리스는 진지하게 말하고 있었다.

그리고 이어 소리쳤다.

"혼자 먹는 거 싫단 말이야! 이게 무슨 친구야. 개 뻥쟁이…."

어금니를 꽉 깨물며 원망하는 눈초리를 보내는 그녀를 보며 정우가 제의했다.

"그럼 옷 갈아입고 와. 입고 있는 내 셔츠는 얌전하게 돌려주고."

정우의 표정을 보고 엘리스가 붉은 아랫입술을 깨물었

다.

"남자가 너무 치사한 수를 쓴다고 생각하지 않아? 남자
가 그렇게 자신이 없나?"

정우는 엘리스를 느긋하게 보며 어깨를 으쓱여 보였다.

그녀는 아랫입술을 꽉 깨물며 방으로 들어갔다.

그 후로, 정우는 냉장고에서 자신의 것까지 꺼내 요리를
시작했다.

잠시 후, 다시 나온 엘리스는 비교적 정상적인 옷으로
갈아입고 나왔다.

헐렁한 티셔츠에 다소 짧은 흰색 반 바지였다.

엘리스는 정우의 셔츠를 자신의 옆자리 의자에 걸쳐놓
고 의자에 앉아 팔짱을 끼고 다리를 꼬았다.

심사가 단단히 뒤틀려 있는 것처럼 보였다.

엘리스를 만난지 좀 되어서인지, 상대하는 방법이랄까.

요령이 조금 생긴 것 같다.

피할 수도 없고, 맞붙어서 좋은 결과가 나오는 것도 아
니니 흘리는 수밖에.

그녀에게 처음 손을 내밀었던 그 때처럼.

웰던으로 잘 구어진 스테이크와 샐러드를 식탁에 올렸
다.

비주얼을 보고 굳어있던 엘리스의 표정이 조금은 풀리
는 것 같았다.

정우도 손을 씻고, 엘리스와 마주 보고 앉았다.

"먹어 봐."

정우가 말했다.

조금 긴장감이 느껴졌다.

요리를 만들어 낯선 누군가에게 내어준다는 것은 꽤나 신선한 경험이었고 의외로 긴장감을 안겨다 주었다.

의외로 자신에게도 이런 식의 일종의 기대 심리가 있는 것 같았다.

그렇게 정우가 스스로의 감정에 놀라고 있을 때, 엘리스가 스테이크 한 조각을 입에 넣었다.

엘리스가 미묘하게 미소 지었다.

"먹을만 하네."

평범한 레시피였다.

그럼에도 그녀는 꽤 만족스러워 하는 것 같았다.

정우는 상냥하게 웃었다.

"많이 먹어."

"너도."

정우도 스테이크를 먹어 보았다.

고기는 예상한대로 잘 익었다.

요리에 꽤 재능이 있는 걸까.

맛도 맛이지만 고기는 의도한대로 구어졌다.

만약 석쇠로 구웠다면 훨씬 더 많이 좋았을 텐데라는 아쉬움이 남을 정도로 고기는 상당히 맛있었다.

땅값이 높은 오피스텔 부근이어서인지 마트의 품질이 상당히 우수한 재료였다.

식사를 하다가, 정우가 중간에 일어났다.

"어디가?"

정우가 잠깐 일어나자마자 엘리스가 즉시 물었다.

"물 먹으려고."

"나도 줘."

정우가 냉장고에서 물통을 꺼내고 컵을 가져와 식탁에 올렸다.

"매일 시켜먹은 거야?"

"보통 그런데. 잘은 안 먹어."

"그럼 뭘 먹어?"

"잘 안 먹는다니까."

그렇게 말하면서 그녀는 스테이크를 쉴 새 없이 입에 넣고 있었다.

정우는 작게 웃었다.

"왜 웃어?"

"뭔가…"

"……."

정우가 고개를 저었다.

"아니다."

"빨리 말해."

엘리스가 나이프를 위협적으로 들고 인상을 썼다.

"나 이런 거 절대 그냥 못 넘어가."

정우는 엘리스를 보다가 물을 한 모금 마셨다.

"뭔데?"

엘리스가 재촉했다.

"힘든 일이 있었는데도 불구하고."

"불구하고?"

"순수하면서 열정적인 면이 있구나. 그냥 이유는 잘 모르겠는데 왠지 모르게 그런 생각이 들어서."

엘리스의 투명하리만큼 하얀 뺨이 빨갛게 물들었다.

정우가 웃었다.

"부끄러워하는 거야?"

"시, 시끄러! 오그라드는 소리 하고 앉아 있네."

엘리스가 물을 벌컥벌컥 마셨다.

"천천히 마셔."

정우가 티슈를 뽑아서 건넸다.

물을 다 마신 엘리스가 티슈로 입을 북북 닦고 벌떡 일어났다.

"안 치워도 되니까, 다 먹으면 가."

엘리스는 몸을 휙 돌려 거실 소파에 등을 보이며 앉았다.

그녀는 tv를 틀어 시청했다.

의외로 이런 걸 못 견뎌 하는 성격이로군.

새로운 약점을 발견했다는 생각도 들었고, 의외의 모습들이 곳곳에 숨어있다는 게 어떤 면에서 조금 신기하기도 했다.

여자는 여자구나라는 생각도 들었고 뼛속까지 냉정하던 이미지가 어느새 달라져 있었다.

김주호처럼, 상대를 이해하면 악감정은 사라진다.

정우는 엘리스가 남긴 스테이크를 내려다 보았다.

식으면 맛 없는데….

괜히 자신의 말 때문에 잘 먹다가 음식을 남긴 것 같아 마음에 조금 걸렸다.

다시 먹으라고 권유해봤자 의미가 없을 것 같아 정우는 그만 일어나 식탁을 간단하게 정리하기로 했다.

그릇을 치우고, 거실 쪽으로 가면서 셔츠를 입었다.

"간다."

대답 없이 tv를 보고 있는 엘리스를 보며 정우는 작은 미소와 함께 오피스텔을 나섰다.

제 11 화

보르고프

제 11 화
보르고프

I

달빛이 내려앉은 어둑한 밤.

오래된 어선 한 대가 출렁이는 파도를 타고 멀리 보이는 목표 선착장으로 향하고 있었다.

짧은 수염이 까끌하게 난 중년 남자는 뱃머리 쪽에서 통통한 손으로 망원경을 잡아 선착장을 오랫동안 내다보고 있었다.

망원경 안으로 두 명의 사람들이 보였다.

잠시 후 망을 보고 있는 놈의 위치도 보였다.

평소 때와 다를 바가 없다.

별 달리 문제가 될 것처럼 보이는 분위기는 아니었다.

다만 헷갈리는 부분이 있었다.

남자가 망원경으로 눈에 좀 더 힘을 줄 때, 뒤로 한 중년인이 헐레벌떡 뛰어와 입을 열었다.

"보르고프 씨."

한국인임에도 외국 이름으로 불린 남자는 자신의 이름을 다급하게 부르는 뚱뚱한 중년인을 돌아보았다.

그는 식은땀을 뻘뻘 흘리고 있었다.

"일이 하나 터졌습니다."

그가 겁먹은 표정으로 짜내 듯 말했다.

"일 뭐?"

보르고프가 퉁명스럽게 되물었다.

"조선족 하나가…. 죽었습니다."

"언제?"

"한 30분 정도 됐다고."

"이 씨벌 새끼들."

보르고프가 진득한 욕설을 내뱉으며 빠르게 걸음을 옮겼다.

어선 갑반 바닥에 있는 어창 문이 열려 있었고.

그 아래에서 시끄럽게 떠들고 있는 소리가 들렸다.

보르고프가 허리춤에 끈에 묶어 차고 있던 식칼을 꺼내

들고 사다리를 탔다.

어창 아래로 내려온 보르고프가 눈을 번쩍였다.

"조용히들 안 허냐?"

보르그프의 나지막한 목소리에 밀항을 위해 배에 오른 조선족들의 얼굴이 확 얼어붙었다.

보르고프는 동그란 눈알을 좌우로 굴렸다.

수십 명의 조선족들 사이로 울음을 참고 있는 사람들이 보였다.

30대로 보이는 여자가 7살배기의 딸의 입을 틀어막고 함께 울음을 참고 있었다.

"시체 어딨어?"

조선족들이 양쪽으로 갈라지면서 감춰져 있던 시체가 드러났다.

40대 초반 정도로 보이는 남자 시체였다.

"남편이여?"

보르고프가 여자에게 다가가 물었다.

"…네."

여자가 흐느끼는 목소리로 대답했다.

"똑바로 씨불려 이 씨벌년아. 확 아가리를 꼬지로 만들어버리기 전에."

"네, 네 남편이에요."

어지기 울음을 참으며 턱을 떨면서 힘겹게 말했다.

"30분 전에 죽었담서. 왜 보고 안 했어?"

"어떻게든 살려보려고…."

"네가 의사냐 이 년아?"

보르고프가 여자의 머리카락을 휘어 잡았다.

식칼을 머리 위로 치켜들자 사람들이 뒷걸음을 치며, 헛바람을 집어 삼켰다.

보르고프는 거친 호흡을 애써 가다듬으며 손을 놓았다.

그는 시체를 확인한 뒤에 조선족들을 독수리 같은 눈으로 둘러보며 식칼을 흔들었다.

"정신 단디 챙기라. 도착해서, 이 배에서 나가서도. 괜히 입 잘못 놀린 새끼들은 죽어도 곱게는 죽지 못할 거여. 내 말 무슨 말인지 알겠어?"

조선족 사람들이 모두 일제히 공포에 질려 고개를 끄덕였다.

보르고프는 어창에서 나와 사람 몇 명을 불러 시체를 바닷물 아래로 처리하라고 명령했다.

뱃머리로 가서 망원경으로 다시 선착장을 내다 봤다.

보르고프는 망원경으로 선착장을 보면서 전화를 걸었다.

— 네 여보세요.

"강 실장이가?"

– 예.

"차가 왜 안 보이노."

– 조금 기다리셔야 할 것 같습니다.

"왜?"

– 트럭에 문제가 좀 생겨서….

"어이 강 실장."

– 예.

"뭐하자는 기고?"

보르고프가 날 선 목소리를 냈다.

– 죄송합니다. 도착하시기 전까지는 모두 차질 없이 준비될 겁니다.

시체가 바닷물에 빠지는 소리가 났다.

보르고프는 뒤를 잠깐 돌아봤다가 다시 휴대폰을 귀에 붙였다.

"강 실장. 내 회 뜨라는 거면 재미없어."

– 절대 아닙니다. 믿어 주십시오.

보르고프는 전화를 끊고 바닷물에 침을 뱉었다.

그는 선착장을 주시하다가, 기관실로 돌아와 사람들을 불러 모았다.

"혹시 모르니까 장비들 챙기라."

보르고프의 말에 사람들이 눈치를 채고 모두 일사분란하게 흩어졌다.

준비를 모두 마치고, 10분 뒤 어선이 선착장에 도착했다.

보르고프가 일단 단독으로 어선에서 내렸다.

창고 앞으로 못 보던 트럭 한 대가 서 있었다.

일단 눈에 보이는데로는 강 실장 말에 장난은 없는 것 같았다.

창고 안에 늘 보던 트럭이 눈에 들어왔다.

30대 후반 정도로 보이는 강 실장이 인사를 해왔다.

"고생 많으셨습니다."

"내가 오해한 거 맞재."

강 실장이 깍듯하게 허리를 숙였다.

"예."

"트럭 문 까."

강 실장이 손을 들었다.

트럭을 배와 가까운 곳으로 이동시켜 주차한 뒤, 화물칸을 열었다.

보르고프는 아랫사람들을 시켜 조선족으로 모두 육지로 빼냈다. 흰머리가 하얗게 샌 남자가 조선족을 인솔해서 선착장을 벗어났다.

"물건 실어."

보르고프의 명령에 부하들이 어선 안에 실고 온 밀수품을 트럭 안으로 옮겼다.

"보르고프씨를 만나고 싶어 하시는 분이 계십니다."

강 실장이 다가와 말했다.

"누구?"

"민 대표 소식 들으셨습니까?"

"빌딩 위에서 자살했다 카든데. 아이가?"

"맞습니다. 그 민 대표 동생이 뵙고 싶어 합니다."

"청부재?"

"예."

"몇이나?"

"여럿 됩니다."

"오늘은 작업 때문에 안 되고. 내일 저녁으로 약속 잡그라."

"알겠습니다. 제가 그럼 자리 마련하고 연락 드리겠습니다."

보르고프가 얇은 담배를 입에 물며 고개를 끄덕였다.

강 실장이 지포 라이터를 꺼내 불을 붙여 주었다.

보르고프는 밀수품을 싣고 있는 모습을 보며 하얀 연기를 덤덤하게 뿜어냈다.

"어때?"

김주호가 가슴을 펴고 말했다.

학교 끝나기만을 학수고대하더니 이유가 여기 있었다.

"죽이지?"

김주호가 얼른 칭찬해달라며 동조를 구해왔다.

공사를 마친 체육관은 심플하면서도 화려한 느낌을 주고 있었다.

"좋은데?"

정우의 칭찬에 김주호의 얼굴이 활짝 폈다.

"당연하지. 돈을 얼마나 들였는데."

정우가 체육관을 둘러보며 고개를 끄덕였다.

"좋다. 관장님이랑 연아가 많이 좋아하겠네."

"그렇지? 아 맞다 정우야."

정우가 김주호를 돌아봤다.

"왜?"

"너 이제 여기서 운동해야 돼잖아. 학교 마치고 오면 한 다섯 시쯤 되나?"

"비슷하지."

"그럼 네가 일 좀 해주라. 믿고 맡길 사람이 너 밖에 없다."

"일이라니?"

"넌 공부 잘하잖아. 이미 전교1등에 수능도 문제없을 거고. 근데 나는 상황이 달라. 나는 공부하고, 너는 나 대신 관리 좀 해주고. 연봉은 우리 체육관이 성장하는 만큼 올라갈 거고."

"관장님한테 맡기면 되잖아. 그리고 나 보단 차라리 너희 회사 사람을…."

"내가 그냥 친구 하나 끼워 넣는 게 아니야. 필요한 재목을 쓰려는 거지. 관장님 성격이 네가 알다시피 그리 사교적이지 못해. 냉정하게 얘기해서 경영 쪽으로는 문제가 좀 있다는 거지. 관장님은 선수들 가르치고, 전반적인 운영을 네게 맡기려는 거야. 전문 경영인 써서 체육관 키워봐야 회장님 눈에 들 수 없어. 능력을 보여야지. 그 능력을 내 개인 커뮤니티적 인재 등용으로 점수 좀 따려는 거다."

"학교를 겸하면서 하기엔 별로 자신이 안 서는데. 시간이 시간인 만큼."

"내가 자신이 서서 맡기는 거다. 네가 학교에 있는 동안 쓸 사람도 이미 구해놨고. 네가 체육관에 나오면 오전 부상황을 보고해줄 거야."

"그게 누군데?"

문이 열렸다.

김주호가 누군가가 들어오는 걸 보고 턱짓을 했다.

"고양이도 제 말하면 온다더니. 저기 오네."

정우는 뒤를 돌아봤다.

그리고 충격을 받은 표정을 감추지 못했다.

"…선생님."

"안녕?"

오피스 차림의 채아가 손을 흔들며 건강한 미소를 보내왔다.

"설마 이 체육관에서 일하는 사람이…."

"응. 나야."

채아가 아무렇지도 않게 말했다.

정우는 다소 당황스러움을 느꼈다.

명문고 보건 선생 자리를 두고, 김주호의 체육관에 들어온다는 게 사실 믿기지가 않았다.

"장난치시는 거죠?"

채아가 고개를 저었다.

"얼마나 다행인지 몰라. 실은 최근에 권고사직을 계속 권유받고 있는 상태였거든. 그동안 무작정 버티고 있었는데, 주호가 그 얘기를 듣고 내게 권유해준 자리야."

"결격 사유가 없는데 왜…."

"그렇고 그런 거지 뭐."

채아가 애써 웃음을 내보였다.

체육 부장의 사건이 세간의 관심에서 사라질 때쯤이 됐으니, 슬슬 채아를 버리려는 속셈 같았다.

어머니의 병환과 학교의 권고사직.

혼자서 힘든 시간을 보냈을 것이다.

속에서 뜨거운 것이 올라왔다.

민정태가 속해있는 민정태의 야구감독도 그렇고 채아도 그렇고 대령고의 더러운 수작질에 이가 갈렸다.

"그렇게 신경 쓰지 마. 차라리 잘 된 일이야."

자신이 위로받아야 할 채아가 오히려 정우의 어깨를 토닥였다.

"그렇지 않아도 제가 놈들을 어떻게 요리할지 생각 중이니까. 조금만 기다리세요."

김주호가 굳은 표정으로 말했다.

"얘들이 참. 괜찮다니까. 괜히 긁어 부스럼 만들지 마. 이렇게 새로운 직장도 생겼으니까 여기서 열심히 하면 되지. 그보다 이번에 좀 놀랬어. 주호는 까칠하기만 할 줄 알았는데, 날 이렇게까지 생각해줄 거라고는 몰랐는데."

"제 주변에 그나마 제일 똑똑한 사람이라 그냥 쓰는 겁니다. 그리고…."

김주호가 얼굴을 돌리며 흘리듯이 말을 이었다.

"믿고 싶은 사람들 중에 하나이기도 하고."

"응 뭐라고?"

"들었으면 못 들은 척 하지 마세요. 신뢰를 줄 수 있도록 열심히 해주세요. 저도 그만큼 최선으로 대우해 드릴 테니까."

"이것 봐. 우리 주호 착하다니까?"

"징그럽게. 그보다 정우가 있어서 다시 설명 드리지만 선생님은 회원 관리와 외부적인 파트를 맡게 되실 겁니다. 회원의 접수 및 특기를 살리셔서 건강 체크. 그리고 전반적인 건물 외부 결함 및 트러블을 체크 해주시면 됩니다."

채아가 체육관을 보며 고개를 끄덕였다.

"그리고 정우 넌 선생님이 상황을 체크해서 결제를 올리면 오후에 나와서 네가 판단해서 결정하고 진행해. 나한테 따로 확인 받을 필요 없어. 그런 이유로, 모든 책임은 정우 네가 지는 거야."

채아가 고개를 갸웃 거렸다.

"그럼 넌 일을 완전히 안 보는 거야?"

"날로 먹겠다는 것처럼 보이겠지만 누구 돈이든 간에 전 투자를 했어요. 아까 말했다시피 난 공부를 해야 되고. 저한테 해줄 건, 체육관을 운영하면서 겪은 장단점을 얘기해주는 것. 그리고 결과를 말해주는 것. 그것만 하면 됩니다."

김주호가 눈을 빛내며 말을 이었다.

"다시 말하지만 인맥으로 사람을 쓰는 게 아닙니다. 능력이 있다는 판단 하에 결정한 사항이니까. 1년 안에 꼭 능력을 보여주세요."

"네 사장님."

채아가 경례를 하며 산뜻하게 웃었다.

"아 정말. 장난으로라도 그렇게 부르지 마세요. 우리는
동료예요. 누가 위에 있고 아래에 있고 그런 개념이 절대
아닙니다. 하지만 공적인 업무 분담은 확실하게 해주길 바
랍니다."

채아의 의아한 시선에 김주호가 눈썹을 들었다.

"왜 그렇게 쳐다봐요? 뭐가 마음에 안 들어요? 편하게
얘기하세요. 귀 열려 있으니까."

"그게 아니라. 공부는 못하는데 이런 말은 어떻게 잘 하
는 건가 싶어서."

김주호의 뺨이 씰룩였다.

"아직도 오해하시는 분이 있네. 전 못하는 게 아니라
단지 그동안 안 했던 겁니다. 기본적인 머리는 좋다구
요."

"알았어 칭찬이야. 그럼 오픈은 언제 하는 거야? 나 언
제 출근해?"

채아가 물었다.

"한 일주일 정도 회의를 할 생각입니다. 오픈한 뒤에,
어떻게 나아갈지에 대해서 얘기 좀 해봐야겠죠. 그 회의도
근무로 쳐드리니까 걱정 마시구요."

채아가 입을 가리며 웃었다.

"주호 꼭 다른 사람 같다."

"저 그런 비행기 별로 안 좋아합니다."

"들켰나?"

채아가 눈을 깜찍하게 떴다.

"그런 애교는 좀…."

김주호의 말에 채아가 콧잔등을 찡그렸다.

"제게 들어오는 수입금은 모두 체육관 발전 기금에 쓰이게 될 겁니다. 뭐 시작은 작지만, 절대 움츠리지 말아 주세요. 정우 너도…."

김주호가 피식 웃었다.

"아니 정우 너라면 내가 상상하는 것 이상으로 멋진 결과를 내보이겠지만."

"글쎄."

정우는 별로 자신 없는 투로 말했다.

솔직한 심정이었다.

체육관 운영이라니.

사업이 만만할 리가 없다.

지금이야 돈으로 꽤나 화려하게 치장해놨다지만 시설을 잘 해놨다고 해서 운영이 쉬울 리가 없다.

김주호 쪽 회장과의 약속이 없었다면 거절했을 테지만 몇 년 후를 내다봤을 때는 지금의 경험이 꽤 큰 도움이 될 것 같긴 했다.

286

다만 잘 해낼 수 있을지는 정우는 자신하지 못했다.

하지만 김주호는 꽤나 멋진 눈을 가지고 있다.

의외로 사업적 재능이 뛰어난 것 같다.

성공한 사업가의 가문이라 그런 것일까.

일을 얘기할 때의 김주호 눈은 평소와 달랐다.

채아 선생님의 말대로 다른 사람처럼 보일 정도다.

분명 앞으로 이런 저런 실패를 경험하게 될 테지만, 그릇이 보인다.

아마 쉽게 꺾이진 않을 것이다.

"관장님이랑 연아에게는 이미 다 얘기해놨어. 있다가 한 7시쯤 올 거야. 1시간 정도 남았네."

"그럼 난 사무실 정리 좀 하고 있을게."

채아가 체육관 사무실에 들어갔을 때, 정우는 대령고의 더러운 수작질을 떠올리며, 반들거리는 샌드백 앞에 섰다.

김주호가 그런 정우를 보고 쓴웃음을 지었다.

정우가 샌드백에 킥을 날렸다.

새로 들여온 반들거리는 샌드백이 천장에 닿을 듯 출렁거렸다.

고급 임식집 앞 주차장에 구형 그랜져 한 대가 도착했다.

보르고프가 차에서 내렸고 대기하고 있던 발렛파킹 직원이 다가왔다.

"잠깐 기다리라."

보르고프는 차 트렁크에서 여행용 캐리어 하나를 꺼냈다.

트렁크를 닫고 나오면서 파킹 직원에게 고개를 끄덕여 보였다.

직원이 보르고프를 흘깃 보다가 그랜져를 주차했다.

그 사이 보르고프는 일식집 안으로 들어섰다.

누런 점퍼에 펑퍼짐한 카고 바지를 입고 있는 보르고프를 보고 카운터 남직원이 얼굴을 살짝 구겼다.

손에는 캐리어를 끌고 왔다.

"이런 곳에 물건 파시러 오시면 안 됩니다."

보르고프는 황당한 표정을 짓고서 직원을 응시했다.

"나가세요 얼른."

남직원이 펜을 든 손으로 문을 가리켰다.

"나가시라구요."

남직원이 눈을 부라렸다.

"너 지금 내가 물건 팔러 온 앵벌이로 본 기가?"

보르고프가 재밌다는 듯이 웃었다.

남직원이 보르고프를 위아래로 훑어보았다.

"어떻게 오셨습니까?"

"어떻게 오셨습니까?"

"예약 하셨습니까?"

직원이 가능한 정중하게 물었다.

보르고프가 대답하려는 찰나 술이 살짝 취한 중년 남자가 카운터로 나오면서 인상을 썼다.

"뭐야? 야! 네들 가게 관리 안 하냐? 뭐 이런 거지새끼가 드나들게 해! 격 떨어지게."

40대 정도로 보이는 살이 퉁퉁한 중년인이 보르고프를 경멸하듯 쳐다봤다.

보르고프가 중년인을 보며 웃었다.

"뭘 웃어 이 거지새끼야."

중년인이 지갑에서 만 원짜리 한 장을 꺼내 보르고프 발치로 던졌다.

"야 냄새 나니까 이거 가지고 얼른 꺼져."

중년인이 귀찮다는 듯이 손을 휘휘 저었다.

보르고프는 카운터 직원을 쳐다봤다.

직원이 살짝 고개를 숙였다.

"잠시 밖에 계시면, 나가시는 손님 보내드리고 예약 확인해드리겠습니다."

중년인이 콧방귀를 꼈다.

"예약 확인은 무슨. 못 보던 새 이 가게 질 많이 떨어졌네. 야 인마. 냄새 나니까 빨리 쫓아 보내라고! 말귀 못 알아들어?"

직원이 보르고프 앞으로 나와 밖을 가리켰다.

"나가 계십시오."

단골 손님이 강하게 나오자 직원도 다소 강한 어조로 말했다.

뒤이어 나온 30대 후반의 남자가 어리둥절한 얼굴로 나왔다.

중년인과 일행인 듯 했다.

그가 직원에게 자조치종을 물었고, 직원이 대답을 해주자 그는 중년인보다 더 화를 내기 시작했다.

"이 분 누군지 몰라?"

남자의 말에 직원이 깍듯이 허리를 숙였다.

"죄송합니다. 얼른 내보내겠습니다."

직원이 보르고프 앞에 다가와 팔을 잡았다.

"놔 이거."

보르고프가 나지막하게 말했다.

남직원이 무시하고 문을 열어 보르고프를 가게 밖으로 잡아끌었다.

보르고프는 남직원의 손에 밀려 가게 밖으로 쫓겨났다.

그 때, 에쿠스 한 대가 주차장으로 들어왔다.

에쿠스를 보고 남직원이 얼굴을 콱 찌푸렸다.

"당신 진짜 예약하고 온 거 맞아? 만약에 쓸 때 없는 걸로 영업 방해하는 거면 가만 안 있는다. 곱게 얘기할 때 가라. 응?"

보르고프가 앞머리를 쓸어 올리며 허허 웃음을 흘렸다.

에쿠스에서 안경을 쓴 깔끔한 정장 차림의 훤칠한 남자가 내렸다.

"야 계산 안 해?!"

카운터 앞에 서 있던 중년인이 밖으로 고개를 삐죽 내밀어 소리를 질렀다.

"바로 가겠습니다!"

남직원이 머리를 숙여 보인 뒤, 보르고프를 옆으로 밀어제쳤다.

"손님 오시잖아. 길 막고 서 있지 말고 얼른 돌아가라고. 험한 꼴 보기 전에."

보르고프가 옆으로 밀려나며 뚱한 시선으로 남직원을 노려봤다.

"어서오십시오."

남직원은 보르고프를 무시하고 정장 차림의 남자에게 깍듯이 허리를 숙였다.

남자가 직원을 차가운 눈빛으로 쏘아 보았다.

"너 지금 뭐하는 거야?"

"예?"

직원이 어리둥절한 얼굴로 남자를 보며 되물었다.

남자가 보르고프 앞으로 다가가 머리를 숙였다.

"죄송합니다."

"애들 데리고 있나?"

보르고프가 물었다.

"예. 밑에 있습니다."

"다 불러라."

남자가 즉각 전화를 걸었다.

그리고 잠시 후, 신형 그랜져가 우루루 올라와 주차장을 완전히 장악했다.

주차장이 꽉 차, 대기하고 있던 차들이 바깥쪽 벽에 일렬로 차를 세웠다.

차에서 수십 명이 내렸다.

모두 검은 정장을 입고 있었고 머리는 짧은 스포츠 머리였다.

직원의 얼굴이 사색이 됐다.

"계산 하라니까 이 새끼가…"

다시 밖으로 나온 중년인이 엄청난 위압감을 조성하고 있는 검은 정장의 남자들을 보고 입을 다물었다.

"이 가게 안에 있는 직원들이랑 저 새끼들 남겨놓고 다 내보내."

보르고프의 말에 검은 옷의 남자들이 거침없이 일식 집

안으로 들어갔다.

　남직원이 하얀 얼굴로 침을 꿀꺽 삼켰다.

　보르고프는 담배를 꺼내 입에 물었다.

　"가게에 확실히 말해두지 않아서 죄송합니다."

　남자의 말에 보르고프는 언짢은 표정으로 고개를 저었다.

　"명함 하나 줘봐라."

　남자가 고급스러운 명함을 건넸다.

　"돈은 좀 버나?"

　"먹고 살만한 정도입니다."

　남자가 겸양을 내보였다.

　"민 대표 동생이라고?"

　"예. 늦었지만 다시 인사드리겠습니다. 박기영이라고 합니다."

　자신을 박기영이라 소개한 그가 머리를 숙였다.

　"박기영? 너도 가명이가?"

　"예."

　"나도 가명이다."

　박기영이 은은한 미소를 입가에 걸었다.

　보르고프도 미소를 내보이며 머릿속으로 톱니바퀴를 굴렸다.

　민 대표가 식인곰이라면 박기영은 독사다.

식인곰은 적당히 놀려먹을 수가 있는데, 독사는 다르다.

머리가 꽤나 비상한 놈이라고 들었다.

박기영에 대해 보르고프가 속으로 이런 저런 파악을 하고 있을 때, 가게 안에 있던 10여명의 손님들이 나왔다.

그들은 보르고프와 박기영을 힐끔 쳐다보고 조용히 자신의 차를 타고 나갔다.

젊은 청년 하나가 가게에서 나와 박기영에게 고개를 숙였다.

"경찰 서장 하나가 자리를 지키고 있습니다."

"그 두더지 한 마리 빼고 다 뺐기재?"

보르고프가 물었다.

"예."

"인마 끌고 들어 온나."

보르고프는 남직원을 가리키며 캐리어를 끌고 일식집 안으로 들어갔다.

"어디 있는데?"

보르고프는 가게 입구를 지나, 담배 연기를 뿜으며 뒤이어 들어온 청년에게 물었다.

"안내하겠습니다."

보르고프가 청년을 따라 2층으로 올라갔다.

207이라고 적혀있는 방문을 열고 보르고프가 안으로 들어갔다.

두 명의 남자가 앉아 있었다.

보르고프가 머리를 숙였다.

"아이고, 안녕하십니까."

"너 뭐야 이 새끼야!"

50대의 남자가 눈을 부라리며 소리쳤다.

"누가 서장인교?"

"지금 누구 앞에서 깡패짓 하고 있는지 알고나 있어?"

"그래 씨벌 아니까 누가 서장인지 묻고 있잖아."

보르고프가 웃으며 테이블 위에 있는 방울토마토 하나를 집어 입에 넣었다.

"내가 경찰서장 강지찬이다."

보르고프가 휴대폰을 꺼내 전화를 걸었다.

"예 장관님. 접니다. 잘 지내시지요."

장관이라는 말에 서장의 얼굴이 흙빛이 됐다.

"하하하."

보르고프가 커다랗게 웃음을 터트리며 말을 이었다.

"필요하실 때 언제든 불러 주십시오. 예, 아 미꾸라지 한 마리가 대갈빡에 힘 좀 주고 있어가 전화 드렸습니다. 예예."

보르고프가 전화기를 서장에게 내밀었다.

서장이 떨리는 손으로 전화기를 받아 들었다.

그는 목소리를 듣고 벌떡 일어서서 허리를 숙이며 전화를 받았다.

소근 거리는 목소리로 대답한 뒤, 그는 전화를 끊었다.

서장은 난감한 표정으로 허리를 숙여 보르고프에게 전화기를 돌려주었다.

보르고프는 사과 하나를 씹어 먹으며, 전화기를 건네받았다.

"제가 몰라 뵙고 실례를…."

"아니 됐고, 잘 됐네. 이 동네 서장이니까 이 가게 근처에 걸리적 거리는 것들 안 오도록 하소. 알겠는교?"

서장이 식은땀을 뻘뻘 흘리며 고개를 끄덕였다.

"그리고 도 아닌 게 눈깔에 힘 좀 그만 주고 댕기고. 이 씨벌 영감탱이야."

보르고프가 발로 테이블을 쓸어 냈다.

와장창 두꺼운 그릇 깨지는 소리가 났다.

서장 반대편에 앉아 있던 남자의 얼굴이 하얗게 질렸다.

"나가라 그만."

보르고프의 말에 서장이 허겁지겁 정장 자켓을 챙겨 입고 일행과 함께 도망치듯 방을 나갔다.

보르고프는 테이블 위에 놓여있는 양주 하나를 병째로 들어 한 모금 들이켰다.

양주를 구석에 던지고, 방을 나왔다.

1층으로 내려오자 시비를 걸어왔던 두 놈과 직원들이 무릎을 꿇고 있었다.

보르고프는 담배를 새로 물면서 중앙 홀로 나왔다.

벽을 등지고 앉아 있는 사람들은 모두 안색이 파리하게 굳어 있었다.

보르고프가 담배를 피면서 주변을 두리번거렸다.

"거기. 일나라."

남직원이 사시나무처럼 떨면서 일어났다.

보르고프는 담배에 불을 붙이고 담배를 쭉 빨면서 테이블 위에 세팅되어 있는 도자기 컵 하나를 손에 들었다.

"와 봐."

보르고프가 손을 까딱였다.

"…죄송합니다. 죄송합니다.

남직원이 땀인지 눈물인지 모를 얼굴로 벌벌 떨었다.

"끌고 온나."

보르고프의 말에 청년 둘이 남직원의 뒷덜미를 잡아끌고 왔다.

보르고프가 남직원의 발등을 밟았다.

'윽' 하고 신음을 흘리는 그의 목젖을 잡아 세운 다음, 바로 손에 든 도자기를 남직원의 얼굴에 있는 힘껏 던졌다.

컵이 깨지면서 남직원의 얼굴이 피투성이가 됐다.

"어억!"

보르고프가 손을 놓았다.

남직원은 바닥에 쓰러져 얼굴을 붙잡고 고통스러운 비명을 내질렀다.

보르고프는 테이블 위에 세팅된 컵들을 하나씩 모은 뒤, 쓰러져 있는 남직원의 머리에 집어 던졌다.

컵 깨지는 소리가 났고, 지켜보던 직원들이 울음을 삼키며 고개를 돌렸다.

한 차례 운동을 한 보르고프가 숨을 고르며 바닥에 컵이 깨진 파편을 밟으며 중년인에게 걸어갔다.

컵을 밟는 바작거리는 소리를 들으며 카운터 앞에서 시비를 걸었던 중년인은 공포에 질렸다.

그는 보르고프를 올려다보며 손을 들었다.

"내, 내, 내가 잘못했소. 돈이 필요하면 돈도 줄 것이고, 내 도움이 되는 모든 걸 할 테니…."

보르고프가 티셔츠를 들어 아랫배 쪽에서 식칼을 꺼내 들었다.

보르고프가 고개를 갸웃 거리며 서장을 내려다보았다.

"히이익!"

서장이 보르고프가 손에 든 식칼을 보고 뱀이라도 본 것처럼 놀라서 뒤로 물러나 벽에 등을 붙였다.

"···살려주세요."

서장이 오줌을 질기며 빌었다.

보르고프는 손에 든 식칼을 나무 테이블에 쿡 찍었다.

"에휴, 이 벌레같은 새끼 죽여가 뭐하겠노. 마 대가리 들어."

"제발, 살려···."

"대가리 들라고 씨벌넘아."

중년인이 실신할 것 같은 표정으로 보르고프 앞으로 마지못해 턱을 살짝 들어 올렸다.

"이 씨벌넘이."

보르고프가 중년인의 입술 위 아래를 잡아 찢었다.

입술 안쪽과 옆이 찢어지면서 피가 솟아 나왔다.

보르고프의 얼굴에 피가 투투둑 튀어 올랐다.

보르고프는 부릅 뜬 눈으로 멈추지 않았다.

"끄아아악···."

중년인이 참혹한 비명을 내질렀다.

"아가리 싸쳐물어라. 눈까리까지 해체하기 전에."

중년인에 옆에 무릎을 꿇고 앉은 일행이 온몸을 떨면서 눈을 질끈 감고 고개를 돌렸다.

보르고프가 잠시 후 피로 물든 손을 놓았다.

중년인은 바닥에 엎드려 우는 듯한 소리를 섞어 신음을 흘렸다.

보르고프는 힘을 쓴 탓인지 벌건 얼굴로 식칼을 꽂았던 테이블에 있는 티슈를 뽑아 피가 묻은 손과 얼굴을 닦으면서 무릎을 꿇고 있는 남은 사람들을 돌아봤다.

직원들은 고개도 못 들고 극도의 긴장감으로 거친 호흡만 내뱉었다.

"이제 속이 조금 풀리는 구만. 저 씨벌넘 옆에 족재비같은 새끼는…. 적당히 교육 시키라. 좀 귀찮네."

"예!"

남자들이 일제히 하나가 된 듯 허리를 숙였다.

보르고프가 박기영을 보며 웃었다.

"안 좋은 꼴 보였구만. 내가 작은 일에 이렇게 빠쳐. 하하!"

박기영이 작게 미소 지었다.

"적당한 데 방 잡아라. 나는 화장실에 가서 좀 씻고 갈랑께."

보르고프가 테이블에 꽂았던 식칼을 챙기며 말했다.

"예."

박기영이 인사를 하고 먼저 2층으로 올라갔다.

"직원들 적당히 가리키고, 일 시키라. 밥이랑 술은 무야지."

보르고프가 화장실을 찾아 가면서 말했다.

박기영 아랫놈들의, 귀가 아플 정도로 우렁찬 대답이 들려왔다.

보르고프는 작게 코웃음을 치며, 화장실에 들어가 거울을 봤다.

티셔츠에도 피가 튀었다.

보르고프는 무표정한 얼굴로, 손을 씻고 세수를 했다.

화장실을 나오자 대기하고 있던 청년 하나가 박기영이 있는 방으로 보르고프를 안내했다.

보르고프는 손에 묻은 물기를 털어내며 앉았다.

티슈 몇 장을 뽑아 얼굴을 북북 닦았다.

"우리 동생은? 뭐 좋아하는가? 민 대표랑은 식성이 안 맞아서 늘 이상한데서 봤지. 뭔 놈의 개고기를 그렇게 좋아했었던지."

보르고프가 가볍게 웃으며 메뉴판을 펼쳤다.

"어디 보자."

목을 긁으며 메뉴판을 내려다보던 보르고프가 얼굴을 들었다.

"회가 제일 무난한 것 같은데. 술은 어떤 걸로?"

"즐기시는 걸로 같이 하죠. 저는 가리지 않습니다."

"그래 남자가 편식을 하면 안 되지."

보르고프가 벨을 눌렀다.

어려보이는 여직원 하나가 문을 열고 들어왔다.

그녀는 가뜩이나 하얀 얼굴이 더 창백해져 있었다.

"떨지 마라. 술 맛 떨어지면 죽는 수가 있어."

보르고프가 놀리듯이 말했다.

"죄, 죄송합니다. 어, 어 어떤 걸로 준비해드릴까요?"

"가시나 떠는 게 귀엽네. 싱싱한 회 하나랑 소주 갖고 온나."

"네. 준비해드릴게요."

여직원이 사색이 된 얼굴로, 주문을 받고 뒷걸음으로 물러나 방을 나갔다.

"후딱 정리하자. 넘기라."

박기영이 가방에서 서류 몇 장을 꺼내 보르고프에게 넘겼다.

내용을 확인한 보르고프가 입매를 비틀었다.

"다른 놈들이야 그렇다 치고, 대가리에 피도 안 마른 아새끼들은 뭐고?"

보르고프가 박기영을 노려보았다.

"한 놈은 대기업 외동아들. 다른 하나는 배경이랄 것도 없는 녀석입니다만…."

박기영의 눈이 예리하게 번쩍였다.

"머리면 머리. 주먹이면 주먹. 범상치 않은 놈입니다."

"아아…. 민 대표 골 썩인 아새끼가 이 놈이가?"

"얘기 들으셨습니까?"

"주변에 정보 팔아먹고 사는 새끼들 널려서리 지나가다 들었다."

"해서 주의를 좀 기울여 주십사…."

"그건 알았고. 대한민국이 좀 좁아서 전부 처리하는 건 힘들 것 같은데. 내 복귀 시간도 시간이고,"

"중요 인물 몇 놈들만 해주시면 됩니다."

"아새끼들 포함되어 있는. 이 형광색 체크 되어 있는 것들만 하면 되는 거재?"

박기영이 부드럽게 미소 지었다.

"예. 헌데, 거기 밑줄 친 녀석들은 감금으로 처리해주십시오. 장소는 구해났습니다."

"회장 아들내미는 구실을 알겠는데. 이정우. 이놈은 어따 쓸라고?"

"호기심이 좀 생겨서요."

"호기심?"

"예. 저희 형님의 일을 결정적으로 그르친 인물인지라."

"취향 특이하구만. 일을 어렵게 하네."

"뒷처리는 문제없으실 겁니다."

"그래 얘기 들어보이 일 처리 하나는 깔끔하다 카드라."

노크 소리가 났다.

문이 열리고 안주와 술이 들어왔다.

테이블이 음식으로 가득해졌다.

직원을 물리고 보르고프가 각 술잔을 채웠다.

"착수금은?"

보르고프가 물었다.

"트렁크에 넣어뒀습니다. 가실 때 확인하시죠."

보르고프가 고개를 끄덕이며 술잔을 들었다.

술잔이 부딪쳤고, 둘은 서로를 보며 동시에 술을 목에 넘겼다.

〈6권에서 계속〉